# 父《おや》子《こ》剣《けん》躍る

新剣客同心親子舟

鳥羽 亮

時代小説文庫



角川春樹事務所

目次

# 父子《おやこ》剣躍る

新剣客同心親子舟

# 第一章　辻斬り

## 一

「遅くなりましたな」

富蔵《とみぞう》が、頭上で輝いている満月を見上げながら言った。

そこは、薬研堀《やげんぼり》沿いにある料理屋、田島屋《たじまや》の前だった。富蔵は両替屋の主人《あるじ》だった。松崎屋《まつざきや》という呉服屋の主人、伝右衛門《でんえもん》と飲んだ帰りである。

ただ、伝右衛門はその場にいなかった。松崎屋は横山町《よこやまちょう》一丁目の奥州《おうしゅう》街道沿いにあり、田島屋からはすこし遠いこともあって、小半刻《こはんとき》（三十分）ほど前に、供の政吉《まさきち》を連れて先に出ていた。

呉服屋の主人が、両替屋の主人と料理屋で飲んだのには、それなりの理由があった。松崎屋は老舗《しにせ》の呉服屋だったが、店が古くなったので、改築することになった。その普請《ふしん》の費用の一部を両替屋で都合しようと思ったのだ。

富蔵の店は、本《ほん》両替だった。両替屋には、本両替と脇《わき》両替とがあった。

本両替は、両替の他に預金、貸付、為替《かわせ》など、現在の銀行のような仕事をしていた。

一方、脇両替の多くは質屋、酒屋などが、売り上げの金で両替をしていたのである。

それで、庶民が足を運ぶのは脇両替の方が多かった。

「お一人で、大丈夫ですか」

田島屋の女将《おかみ》のお房《ふさ》が、富蔵に訊《き》いた。

「心配することは、ありません。店が近いから」

富蔵が、笑みを浮かべて言った。

富蔵の両替屋は、浅草茅町《あさくさかやちょう》一丁目にあった。薬研堀沿いの道から大川端《おおかわばた》沿いの通りに出て、浅草橋を渡れば、茅町一丁目はすぐである。

「広小路《ひろこうじ》まで、店の者に供をさせましょうか」

お房は、心配そうな顔をしている。

「いや、ひとりで帰れます」

富蔵が言った。

「そうですか」

お房も、それ以上言わなかった。

「いい月夜だし、広小路まですぐですよ」

お房にうなずいてから、富蔵は店先を離れた。

富蔵は、薬研堀沿いの道を大川にむかって歩いた。薬研堀沿いの道から大川は近かったので、いっとき歩くと、薬研堀にかかる元柳橋《もとやなぎばし》のたもとに出た。

橋の先には、大川が流れていた。轟々《ごうごう》という流れの音がし、月光に照らされた川面《かわも》が、眼前に広がっていた。日中は様々な舟が行き交っている大川も、今は夜陰につつまれ、月光だけが、きらめいている。

富蔵は大川端沿いの道に出て、急に不安になった。道沿いの暗がりに、辻斬《つじぎ》りか物取りが、身を潜めているのではないかと思ったのだ。

通りには人影がなく、流れの音だけが耳を聾《ろう》するほど大きく聞こえていた。

それでも、富蔵は、両国《りょうごく》広小路の方に足をむけた。ここまで来て、田島屋に引き返すわけにはいかなかったのだ。

大川端の道を、半町ほど歩いたときだった。ふいに、富蔵の足がとまった。大川端沿いに植えられた柳の陰に人影が見えたのだ。

……誰かいる！

富蔵は胸の内で、声を上げた。

富蔵は反転して田島屋に逃げ帰ろうかと思った。だが、恐怖で足が竦《すく》み、その場から動けなかった。

柳の樹陰から、男がひとり通りに出てきた。

武士だった。牢人《ろうにん》らしい。男は羽織袴《はおりはかま》姿ではなく、小袖を着流し、大刀だけを差していた。

富蔵はその場につっ立ったまま、周囲に目をやった。逃げ道を探したのである。だが、どこにも逃げられそうもなかった。

通りの右手は大川、左手には町人地が広がり町家が並んでいた。どの家も表戸を閉め、ひっそりと寝静まっている。

家の表戸を叩《たた》いて、住人を呼び出そうとしても、その前に牢人体《てい》の男に斬り殺されるだろう。

牢人体の男は通りのなかほどに出てくると、富蔵の行く手に立ち塞がった。夜陰につつまれ、男の顔ははっきりしなかったが、双眸《そうぼう》だけが闇の中に青白く浮き上がったように見えた。

「た、助けて！」

富蔵は声を上げ、振り返ると逃げ出した。

だが、表戸を閉めた町家の戸口近くまで来て、足がとまった。それ以上下がれなくなったのだ。

牢人体の男は、足早に富蔵の脇まで来ると、

「ひとりか」

と、くぐもった声で訊いた。

「ひ、ひとりです」

富蔵が、声をつまらせて言った。まともに立っていられないほど、体が震えている。

「命が惜しいか」

牢人体の男が言った。口許《くちもと》に薄笑いが浮いている。

「た、助けて……。有り金は、お渡しします」

富蔵はそう言うと、震える手で懐から巾着《きんちゃく》を取り出した。そして、足元に置いて、後退《あとずさ》った。

「懐を探る手間を、はぶいてくれたのか」

そう言って、牢人体の男は、右手を刀の柄《つか》に添え、

「逃げな！」

と、富蔵に声をかけた。

その声で、富蔵はその場から逃げようと、川上の方に体をむけた。そして、一歩を踏み出したときだった。

「死ね!」

牢人体の男は叫びざま踏み込み、刀身を袈裟《けさ》に払った。素早い動きである。

刀の切っ先が、富蔵の首から背にかけて斬り裂いた。

富蔵の首が傾《かし》げ、傷口から血が噴出した。首の血管《ちくだ》を斬ったようだ。富蔵は悲鳴も呻《うめ》き声も上げなかった。血を撒《ま》き散らしながらよろめき、足がとまると、腰から崩れるように転倒した。

「たわいもない」

牢人体の男は、仰向《あおむ》けに倒れている富蔵が先ほど地面に置いた巾着から財布を取り出すと、その重さを量るように右手を動かし、「たんまり入っているようだ」とまた薄笑いを浮かべた。

牢人体の男は、血に染まった刀身を富蔵の袂《たもと》で拭ってから納刀した。そして、懐手をして、広小路の方に歩きだした。その姿が、闇のなかに消えていく。

二

おたえは、盆にのせた湯飲みを手にして縁側に出て来て、

「おまえさん、菊太郎《きくたろう》、お茶がはいりましたよ」

と、夫の長月隼人《ながつきはやと》と嫡男《ちゃくなん》の菊太郎に声をかけた。

隼人は手にしていた木刀を下ろし、

「菊太郎、今日の稽古はこれまでだな」

と、肩で息をしながら声をかけた。

菊太郎と隼人は、組屋敷の庭で剣術の稽古をしていたのだ。

「はい！」

菊太郎は木刀を左手で持ち、右手の甲で額の汗を拭った。

菊太郎は二十歳《はたち》。南町奉行所の定廻《じょうまわ》り同心だった。一方、父親の隼人は四年前まで隠密廻《おんみつまわ》り同心だったが、隠居して倅《せがれ》の菊太郎に同心の跡を継がせたのである。

町奉行所の同心は一代かぎりで世襲ではなかったが、嫡男が父親の跡を継いで同心になることが多かった。見習《みならい》だった菊太郎も格上の本勤《ほんづとめ》になり、定廻り同心に抜擢《ばってき》されたのだ。

菊太郎と隼人は、額の汗を手の甲で拭いながら縁側まで来た。そして、ふたりが縁先に腰を下ろすと、

「菊太郎、今日は見回りに行かないのかい」

と、おたえが訊いた。

「これから行くつもりです」

菊太郎は奉行所へ出仕せず、組屋敷から市中巡視に行くつもりだった。

菊太郎と隼人が縁側に腰を下ろしてひと休みしていると、戸口に近寄ってくる足音がし、

「父上、この足音は、天野《あまの》さんですね」

菊太郎が言うと、

「うむ。……おたえ、庭先にまわるよう、伝えてくれ」

隼人がうなずいて言った。

「分かりました」

おたえは立ち上がり、戸口にむかった。そこに、

「長月どの、おられるか」

と、天野玄次郎《げんじろう》の声がした。

天野も、組屋敷に住む定廻り同心だった。長月家と天野家の組屋敷は、近所にあった。それに、隼人が現役だったころから同じ事件にあたることが多かったこともあり、親戚のような付き合いをしているのだ。

おたえと天野のやり取りが聞こえた。そして、戸口からまわってくる足音がし、天野が姿を見せた。天野ひとりではなく、岡っ引きの政次郎《まさじろう》を連れていた。

「どうした、天野」

すぐに、隼人が訊いた。何か事件があり、それを知らせるために、天野は長月家に立ち寄ったとみたのだ。

「政次郎から、薬研堀の近くで両替屋の主人が、何者かに斬り殺されたと聞きましてね。これから行くつもりですが、長月どのの耳にも入れておこうと思って、寄らせてもらったのです」

天野が言うと、脇に立っている政次郎がうなずいた。

「辻斬りか」

隼人が訊いた。

「分かりません。ただ、下手人は腕がたつらしく、両替屋の主人は一太刀《ひとたち》で斬り殺されたようです」

「父上、私は行ってきます」

菊太郎が声高《こわだか》に言って、腰を上げた。

「おれも、行こう。引退したとはいえ、殺しと聞いて、ひとりで組屋敷に閉じこもっているわけにはいかないからな」

そう言って、隼人も菊太郎につづいて立った。

菊太郎と隼人が急いで着替えて戸口にむかうと、おたえが慌てた様子でついてきた。

「おまえさん、どちらへ」

おたえは、菊太郎と隼人に目をむけて訊いた。

「事件らしい」

隼人が言った。

「これから、天野たちと事件の現場まで行ってくる」

「仕方ないわねえ」

おたえが、苦笑いを浮かべて言った。おたえは、こうしたことに慣れていたので、驚く顔は見せなかった。

菊太郎と隼人を、木戸門で天野と政次郎が待っていた。

「案内してくれ」

菊太郎が、政次郎に勇んで声をかけた。

菊太郎たち四人は、西に足をむけた。八丁堀《はっちょうぼり》から薬研堀まで行くには、いくつもの道筋を通らねばならない。

菊太郎たちは八丁堀を後にし、通りを西にむかった。そして、楓川《かえでがわ》にかかる海賊橋《かいぞくばし》を渡ると本材木町《ほんざいもくちょう》に出た。さらに歩き、日本橋川《にほんばしがわ》にかかる江戸橋《えどばし》を渡り、入堀沿いの道を北にむかった。

菊太郎たちは入堀にかかる道浄橋《どうじょうばし》を渡ると、突き当たった道を東に進んだ。その道は、薬研堀近くまでつづいている。

八丁堀からだとかなりの道筋だが、菊太郎たちは江戸市中を歩き回ることに慣れているので、遠出の感はなかった。

菊太郎たちは、薬研堀近くの大川端の道に出た。

「あそこだ！」

菊太郎が、前方を指差して言った。

薬研堀にかかる元柳橋のたもと近くに、人だかりができていた。武士や町人など、通りがかりの者が多いようだが、岡っ引きや下っ引きと思われる男も何人かいた。

「利助《りすけ》と綾次《あやじ》がいます」

菊太郎が、男たちの方を指差して言った。

人だかりのなかに、利助と綾次の姿があった。利助は、菊太郎が手札を渡している岡っ引きだった。

綾次は数年前まで利助の下っ引きをしていたが、今は岡っ引きとして自立し、嫁ももらっている。

三

利助と綾次は、菊太郎たちの姿を目にして走り寄った。

「菊太郎の旦那、殺された男は、そこでさァ」

利助が、人だかりの奥を指差して言った。

「殺されたのは、ひとりか」

菊太郎が訊いた。

「ひとりでさァ。富蔵ってえ両替屋の主人のようですぜ」

利助が言った。

「それで、下手人は分かっているのか」

「辻斬りらしいと言う者がいやすが、まだ、はっきりしたことは分からねえんで」

利助が言うと、脇にいた綾次が身を乗り出して、

「富蔵は、薬研堀沿いにある田島屋ってえ料理屋からの帰《けえ》りに、ここで殺《や》られたようです」

と、言い添えた。

「田島屋だな。そこにも行って話を聞いてみよう」

菊太郎が、その場にいる男たちに目をやって言った。

人だかりの近くまで来ると、

「前をあけてくんな。八丁堀の旦那が、お見えだ」

利助が、声をかけた。すると、集まっていた野次馬たちが、慌てて身を引いた。

人だかりのなかほどに男がひとり、仰向けに倒れていた。殺された富蔵である。富蔵は、首から背にかけて斬られたらしい。苦しげに顔をしかめている。激しく出血したらしく、辺りが、どす黒い血に染まっていた。

菊太郎、隼人、天野の三人は、岡っ引きたちに、近所で聞き込みにあたるよう指示した後、死体のそばに近付いた。

隼人は富蔵の傷口を見て、

「下手人は、かなりの遣い手だな」

と、小声で言った。隼人の双眸が、剣客らしい鋭いひかりを放っている。

隼人は、直心影流《じきしんかげりゅう》の遣い手で、刀傷で相手の腕のほどを見抜く目を持っていた。若いころ、本所亀沢町《ほんじょかめざわちょう》にあった直心影流の道場に通って腕を磨いたのだ。その腕は今も健在である。道場主の団野源之進《だんのげんのしん》は、直心影流の達人であった。菊太郎も腕を上げてきているが、まだまだ隼人には及ばなかった。

「この近所で、下手人を見た者がいるかもしれん」

隼人が言うと、

「手先たちが、聞き込みにあたっているはずです。おれたちは田島屋で、殺された男のことを訊いてみますか」

菊太郎が言った。

「そうだな。田島屋に行ってみよう」

隼人が、菊太郎と天野に目をやって言った。

菊太郎たち三人は薬研堀沿いの道に入り、道沿いにあった八百屋《やおや》に立ち寄って、田島屋がどこにあるか訊いた。

八百屋の親爺《おやじ》は、堀沿いの道を一町ほど歩くと二階建ての料理屋があり、その店が田島屋だと教えてくれた。

菊太郎たちは、教えられたとおり一町ほど歩いた。

「あの店だ」

隼人が指差して言った。

二階建ての料理屋らしい店だった。入口の脇の掛看板に、「御酒　御料理　田島屋」と書いてあった。

「店は開いているようだ」

天野が言った。

店の入口に、暖簾《のれん》が出ていた。店内から、かすかに女の声が聞こえる。

「まず、店の者に訊いてみますか」

菊太郎が先にたって、田島屋の格子戸を開け、先に店内に入った。隼人と天野がつづいた。

店内の土間の先に板間があり、その先に障子がたててあった。障子のむこうで、女の話し声が聞こえた。座敷になっているらしい。

菊太郎たち三人が板間の前に立つと、「お客さんのようですよ」と女の声がし、障子が開いて、年増《としま》が姿を見せた。

年増は菊太郎たち三人の顔を見ると、慌てた様子で板間に座し、

「いらっしゃいまし、三人様ですか」

と、戸惑うような表情を浮かべた。ただの客ではないと思ったのだろう。

「ちと、訊きたいことがあってな。おれたちは、町方の者だ」

菊太郎が、声をひそめて言った。

「どんなことですか」

年増が、小声で訊いた。

「元柳橋の近くで、男が殺されたのだが、知っているか」

「ぞ、存じております。……亡くなった方は、富蔵さんです。富蔵さんは、この店から帰るときに殺されたようです」

年増が、声をつまらせて言った。

「帰りはひとりだったのか」

隼人が訊いた。

「そうです。富蔵さんは呉服屋の伝右衛門さんと御一緒に店に見えたのですが、先に伝右衛門さんは供の方と一緒に帰られましてね。小半刻ほど経《た》ってから、富蔵さんはおひとりで帰られ……。とんだことになってしまって」

年増が、肩を落とした。

「ひとりで、帰ったのだな」

菊太郎が念を押すように言った。なぜ、富蔵が狙われたのか分かった。商家の旦那ふうの男がひとりで、身を隠していた下手人の前を通りかかったのだ。下手人は、いい鴨《かも》だと思ったにちがいない。

菊太郎たちは、伝右衛門という男の呉服屋の店名と場所を聞いて、田島屋を出た。呉服屋は松崎屋といい、店は横山町一丁目の奥州街道沿いにあるという。

四

菊太郎たちは大川端の通りに出ると、

「どうします、この足で松崎屋に寄ってみますか」

と、菊太郎が隼人と天野に目をやって訊いた。

「そうしよう。松崎屋で話を聞いた後、すこし遠回りになるが、奥州街道を通って、八丁堀に帰ればいいのだ」

隼人が、その場にいた利助と綾次に、横山町まで行くことを話し、一緒に来るよう言い添えた。

天野が連れてきた政次郎は、すこし離れた場所で聞き込みにあたっていたためその場に残して、菊太郎、隼人、天野、そして利助と綾次の五人で松崎屋まで行くことにした。

菊太郎たちは奥州街道に出ると、西に足をむけた。奥州街道は日本橋の近くまでつづいていることもあり、行き交う人の姿が多かった。近隣の住人や旅人だけでなく、駕籠《かご》を担ぐ駕籠舁《かき》や駄馬を引く馬子《まご》などの姿もあった。

五人は横山町一丁目に入ると、道沿いにある店に目をやりながら歩いた。一丁目に入って、いっとき歩いたとき、

「あの店ですね」

と、菊太郎が道沿いにあった二階建ての店を指差して言った。

店の脇の立て看板に、「呉服物　品々　松崎屋」と書いてある。店の間口は、それほど広くなかったが、頻繁に客が出入りしていた。町人が多いようだったが、武士の姿もあった。

「この店だろうな」

隼人が路傍に足をとめて言った。

「どうします。店に寄って話を聞いてみますか」

菊太郎が隼人に身を寄せて訊いた。

「そのために、ここまで足を延ばしたのだからな」

隼人は、店にいるであろう主人の伝右衛門に話を聞いてみようと言い添えた。

菊太郎はそばにいた利助と綾次に、近所で松崎屋のことを聞き込むように指示した。

隼人は、天野と菊太郎に一緒に店に入るよう話した。

菊太郎たち三人が、松崎屋に入ると、土間の先が広い売り場になっていて、手代たちが客を相手に呉服の商談をしていた。丁稚《でっち》たちは、客と話している手代のそばに茶や反物を運んでいる。

売り場の奥には帳場があり、帳場格子のむこうに番頭の姿があった。番頭は小机を前にして、帳面になにやら書きつけている。

菊太郎たち三人が店内の土間に立っていると、近くにいた手代が、すぐに上がり框《がまち》のそばに来て座し、

「何か御用でしょうか」

と、戸惑うような顔をして訊いた。

菊太郎と天野が小袖を着流し、羽織の裾を帯に挟む巻羽織《まきばおり》と呼ばれる八丁堀同心独特の格好をしていたので、客ではないと分かったのだろう。

「おれたちは八丁堀の者だ。主人の伝右衛門に訊きたいことがある」

隼人が、声をおとして言った。

手代の顔色が、変わった。主人が、何か事件にかかわったのではないかと疑ったのかもしれない。

「お、お待ちください。番頭に訊いてまいります」

手代は声をつまらせて言い、すぐに帳場にいる番頭のそばに行った。番頭は手代から話を聞くなり立ち上がり、菊太郎たちのそばに来て座った。

「番頭の栄蔵《えいぞう》でございます。御用向きは何でしょうか」

栄蔵が、小声で訊いた。近くにいる客に聞こえないよう気を配ったらしい。

「手代にも話したが、主人の伝右衛門に訊きたいことがあるのだ」

菊太郎が言った。

「主人にはすぐに知らせますが、ともかくお上がりになってください。ここでは人目について、話もできません」

「そうさせてもらおう」

菊太郎も、大勢の奉公人や客のいる売り場で、主人の伝右衛門から話を聞くわけにはいかないと思った。

菊太郎たち三人は座敷に上がると、栄蔵の後について帳場の前を通り、奥の座敷に案内された。そこには座布団が置かれ、部屋の脇の棚には上等そうな柄物の反物がずらりと並べてあった。特別な上客を案内し、商売の話をする座敷らしかった。

栄蔵は菊太郎たち三人に座布団をすすめ、

「すぐに、主人を呼んでまいります」

そう言い残し、慌てた様子で部屋から出ていった。

菊太郎たちが座布団に座していっとき待つと、廊下を慌ただしく歩く足音がし、障子が開いた。

姿を見せたのは、栄蔵と恰幅《かっぷく》のいい五十がらみと思われる男だった。男は黒羽織に小袖姿で、角帯をしめていた。

男は菊太郎たちの前に座し、

「主人の伝右衛門で、ございます」

と名乗り、畳に手をついた。そして、栄蔵が脇に座ろうとすると、「番頭さん、茶を出してくだされ」と、小声で言った。

栄蔵はあらためて、菊太郎たちに頭を下げると、すぐに座敷から出ていった。

「伝右衛門、おれたちは八丁堀の者だが、殺された富蔵のことで訊きたいことがあるのだ」

隼人が富蔵の名を出して言った。

伝右衛門は戸惑うような顔をしていっとき口をつぐんでいたが、

「と、富蔵さんが、殺されるなどと、思ってもみませんでした」

声をつまらせた。

「富蔵を殺した者を見たのか」

隼人が訊いた。

菊太郎は、口を挟まなかった。この場は、父に任せようと思ったのだ。

「見ません。てまえは、富蔵さんより先に店を出ましたので……」

「そうらしいな。……ところで、田島屋を出て、大川端を歩いているとき、あやしい武士を見掛けなかったか」

「見掛けません。……ただ、てまえがちょうど元柳橋のたもとに出たとき、数人のお侍さまが通りかかりました。それで、辻斬りは近くに身を隠したまま、姿を見せなかったのかもしれません」

伝右衛門が、そのときの記憶をたどるように虚空《こくう》に目をやって言った。

「そうか。……ところで、おぬしは、田島屋にはよく行くのか」

隼人が、声をあらためて訊いた。

「初めてではありませんが、滅多に出掛けることはありません。富蔵さんの店は茅町一丁目にあり、手前の店より田島屋さんに近いこともあって、田島屋さんには出掛けることが多いと聞きました」

「それで、富蔵はひとり遅くなって田島屋を出たのか」

「そのようです」

伝右衛門が小声で言った。

そのとき、番頭の栄蔵が丁稚らしい子供を連れて座敷に入ってきた。丁稚は、茶道具と湯飲み、それに茶菓の入った小鉢をのせた盆を手にしていた。

「粗茶ですが」

栄蔵がそう言って、伝右衛門の脇に座した。

栄蔵は、茶の入った湯飲みや小鉢を隼人たち三人の膝先に置くと、丁稚とともに頭を下げてから座敷を出ていった。話の邪魔にならないように急いで出ていったようだ。

「いただくか」

隼人はそう言って、湯飲みに手を伸ばした。

そばにいた菊太郎と天野も湯飲みを手にした。次に口を開く者がなく、いっとき座敷には茶を飲む音だけが聞こえたが、

「気になることがあるのですが」

と、伝右衛門が小声で言い出した。

「何だ、気になることとは」

隼人が訊いた。

その場にいた菊太郎と天野の目が、伝右衛門にむけられている。

「てまえの店の斜向《はすむ》かいに、下駄屋《げたや》があります。その店の脇から、てまえの店に目をやっている男を何度か見掛けたのです。店の様子を探っているような気がして……」

伝右衛門が、眉を寄せて言った。

「その男は町人か」

「遊び人のように見えましたが……」

伝右衛門は語尾を濁した。はっきりしないのだろう。

「今日も、いたのか」

「いえ、ここ三日は、姿を見掛けません」

「そうか。近くを通りかかったとき、店に寄らせてもらおう。またその男を見掛けたら、話してくれ」

「そうします」

伝右衛門が表情をやわらげて言った。

## 五

菊太郎たちが横山町一丁目に行き、松崎屋の主人の伝右衛門から話を聞いて五日経った。

その日、菊太郎と隼人は八丁堀の組屋敷にいた。いつものように、菊太郎と隼人は朝餉《あさげ》の後、庭で剣術の稽古をしていた。

四ツ（午前十時）過ぎだった。菊太郎と隼人が一汗かき、縁先に腰を下ろして休んでいると、組屋敷の木戸門を開ける音がし、戸口近くに歩み寄る足音が聞こえた。ふたりらしい。

「長月の旦那！　いやすか」

と、利助の声がした。声がうわずっている。

「何かあったようだな」

隼人が言った。

「利助を連れてきます」

菊太郎が言い、家の戸口にむかった。

戸口にはやはり、利助と綾次が立っていた。走って来たらしく、顔が紅潮し、汗がひかっている。

菊太郎が声をかけた。

「どうした、利助」

「た、大変だ！　松崎屋に盗賊が」

利助が戸口で足踏みしながら言った。

そこへ、戸口の板戸を開けて、おたえが顔を出してきた。おたえも、利助の声を聞いて戸口に出てきたらしい。

「なに、盗賊が入ったのか」

菊太郎が念を押すように訊いた。

「そうでさァ。あっしと綾次は松崎屋に立ち寄ってから、急いでここへ来やした」

「庭にまわって、父上にも話してくれ」

菊太郎が言い、利助と綾次を連れて庭にまわろうとすると、

「わたし、中にいるわね」

と、おたえが言い、慌てて中にもどった。

菊太郎は隼人のいる庭に利助と綾次を連れていった。そして、松崎屋に盗賊が入っ

たことを、隼人に伝えた。

菊太郎は隼人の脇に腰を下ろし、

「くわしく聞かせてくれ」

と、利助と綾次に先をうながした。

「け、今朝、豆菊《まめぎく》に顔を出した常連客から、松崎屋に賊が入ったらしい、と聞いて、すぐに行ってみたんでさァ。……店を覗《のぞ》くと、盗賊が入ったことが知れやしたんで、すぐに八丁堀《ここ》に知らせに来やした」

利助が口早に言った。

利助が住んでいるのは、紺屋町《こんやちょう》にある豆菊という小料理屋だった。たまたま顔を出した店の常連客から、松崎屋に賊が入ったことを耳にしたのだろう。

「すぐに行ってみましょう」

菊太郎は立ち上がった。そして、利助と綾次に戸口で待つように言って、座敷に入った。隼人も菊太郎につづいた。菊太郎と隼人は部屋にもどって着替え、すぐに松崎屋にむかうつもりだった。

菊太郎と隼人が、八丁堀の同心ふうに着替えて座敷を出ると、廊下でおたえが待っていた。

「これから、おれたちは横山町へむかう。今日は遅くなるだろう。……おたえ、先に夕飯を済ませて休んでいてくれ」

隼人がおたえに言った。

「わたし、ふたりが帰るまで起きてます」

おたえが、隼人と菊太郎を心配そうに見つめた。

「とにかくおれたちは、遅くなるぞ」

隼人はそう言い残し、菊太郎とふたりで戸口まで来た。

戸口で、利助と綾次が待っていた。ふたりは隼人と菊太郎が出てくると、背後についで木戸門にむかった。

おたえは戸口に立って、菊太郎たち四人を見送っている。

菊太郎、隼人、利助、綾次は、足早に横山町にむかった。四人は八丁堀を出て、日本橋川にかかる江戸橋を渡った。入堀沿いの道を北に進み、道浄橋を経て奥州街道に出た。街道を東の方にしばらく歩き、横山町一丁目に入った。

前方に、街道沿いにある松崎屋が見えてきた。店の前に、人だかりができていた。大勢いる。街道を行き来する者が店の前で足をとめて、店内の様子を窺《うかが》っているらしい。

「ずいぶんと大勢だな」

隼人が、小走りに松崎屋にむかって歩きながら言った。街道を行き来する者だけでなく、岡っ引きや下っ引きなどの姿もあった。事件を聞いて、駆け付けたのだろう。

菊太郎たちは、松崎屋の近くまで来た。

店の表戸は、閉まっていた。ただ、脇の戸が一枚だけ外されている。そこから、店に出入りしているようだ。

開いている板戸の脇に、岡っ引きと下っ引きらしい男が、数人固まっていた。野次馬たちを店に入れないように、番をしているらしい。

菊太郎は店の前まで来ると、足をとめ、

「利助、綾次と近所で聞き込んでみてくれ。松崎屋に押し入った賊を目にした者がいるかもしれん」

と、ふたりに指示した。菊太郎は大勢で店内に入るより、別々に聞き込んだ方が埒《らち》が明《あ》くと思ったようだ。

「承知しやした」

利助は傍らに立っていた綾次に声をかけ、その場を離れていった。

菊太郎は店の出入り口に近付き、番をしている岡っ引きたちに、

「南町《みなみ》奉行所の長月だ」

と、声をかけた。

すると、岡っ引きや下っ引きたちは、出入り口になっている場をあけた。菊太郎と隼人は、板戸の開いている場から店内に入った。

六

土間の先の呉服の売り場になっている広い座敷に、大勢の男たちが集まっていた。店の奉公人、岡っ引き、下っ引き、それに八丁堀同心の姿もあった。北町奉行所の青《あお》山《やま》という定廻り同心である。

菊太郎と隼人は、事件現場で青山の顔を見たことがあったが、話をしたことはなかった。青山は、売り場の隅で手代らしい男から話を聞いている。

隼人は売り場の先の帳場に番頭の栄蔵がいるのを目にし、足をむけた。菊太郎も隼人につづいて帳場にむかった。

菊太郎と隼人が帳場に近付くと、帳場机のそばにいた岡っ引きや下っ引きたちが慌てて身を引いた。菊太郎の巻羽織と呼ばれる八丁堀同心独特の格好を見て、その場を譲ったらしい。

番頭の栄蔵は菊太郎と隼人に気付くと、

「長月さま！」

と、声を上げた。菊太郎と隼人のことを覚えていたらしい。

「盗賊に、襲われたそうだな」

隼人が小声で言った。

「は、はい。まさかこのような目に遭うとは……」

栄蔵が悲痛な面持ちで、声を震わせて言った。

「盗賊に、殺された者がいるのか」

菊太郎が声をひそめて訊いた。

「は、はい、ひとりだけ……」

栄蔵によると、賊が店内にいるとき、手代のひとりが厠《かわや》に起き、廊下で賊と鉢合わせして、その場で殺されたという。

「かわいそうなことをしました」

と栄蔵は肩を震わせた。

「盗賊に奪われた物は」

「う、内蔵が破られ、千両箱と百両箱が……」

栄蔵によると、千両箱には五百両ほど入っており、百両箱には小判でなく、一分銀と一朱銀があわせて四十両ほど入っていたという。

「千両箱と百両箱を持ち去られたのだな」

菊太郎が念を押すように訊いた。

「そうです」

栄蔵が肩を落として言った。

「ところで、賊は内蔵をどうやって開けたのだ」

隼人が訊いた。合鍵がなければ、内蔵を開けることはできないはずだ。

「ここにある小簞笥《こだんす》から、鍵を持ち出したのかもしれません」

栄蔵が、帳場机の後ろにある棚の上の小簞笥に目をやって言った。

「盗賊は小簞笥のなかにあった合鍵を持ち出したのか」

隼人はさらに訊いた。

「そうです。ここの小簞笥にしまってあった合鍵がなくなっていましたから……」

「盗賊は、そこに合鍵があることを知っていたようだな」

隼人は、賊が店に侵入してから合鍵を探しても、簡単には見つけられないだろう、と思った。

「知っていたようです。商いをしているときに、客を装って店に来た賊が、てまえが小簞笥から合鍵を取り出すのを見ていたのかもしれません」

「客が店内にいるときに、合鍵を使って内蔵を開けることがあるのか」

隼人が、栄蔵を見つめて訊いた。

「滅多にそのようなことはいたしませんが、都合で開けることもございます」

栄蔵が言った。

隼人はいっとき口をつぐんでいたが、脇にいた菊太郎に、

「何かあったら、訊いてくれ」

と、小声で言った。

「主人の伝右衛門の姿が見えないが、どうかしたのか」

菊太郎が訊いた。

「二階におります。主人は一刻（二時間）ほど前まで、帳場の近くにいたのですが、気分が悪いと言って二階にもどりました。……早朝からずっと売り場で町方や御用聞きに色々訊かれ、疲れたのかもしれません」

番頭が言った。

「そうか。……ところで、奉公人や主人の家族のなかで、ほかに死んだ者や怪我《けが》をし

た者はいないか」

菊太郎が、念を押すように訊いた。

「はい、手代以外は無事です」

栄蔵は大きく息を吐いた。

「金は奪われたが、殺されたひとり以外は無事なのだな」

菊太郎が言うと、

「はい、主人も金は商売をつづければ取り返せる、と奉公人たちに話しておりました」

栄蔵の顔が、すこしやわらいだ。

「そうか。……奉公人たちからも、話を聞いてみよう」

菊太郎が言い、隼人とともに栄蔵のそばから離れた。そして、売り場にいた手代や丁稚などからも話を聞いたが、新たなことは出てこなかった。

「どうする」

隼人が菊太郎に訊いた。隠居の身の隼人は、定廻り同心として任務にあたっている菊太郎を立てているのである。

「外に出ますか。そろそろ、利助たちがもどってくるはずです」

菊太郎が言った。

菊太郎と隼人は、入ってきた所から外に出た。近くに、利助と綾次の姿はなかった。まだもどってないようだ。

菊太郎と隼人は、表戸の前に立ち、利助と綾次がもどってくるのを待った。

小半刻ほど経ったろうか。

「来ました！」

菊太郎が指差した。

通りの先に、利助と綾次の姿が見えた。ふたりは、走ってくる。松崎屋の前に立っている菊太郎と隼人の姿を目にしたようだ。

利助と綾次は、菊太郎と隼人の前まで来ると、

「も、申し訳ねえ。おふたりを、待たせちまったようだ」

利助が、息を弾ませながら言った。

綾次も、肩で息をしている。

「そう長く待ったわけではない」

菊太郎がそう言った後、

「何か知れたか」

と、利助と綾次に目をやって訊いた。

「へい、夜鷹蕎麦《よたかそば》の親爺から聞いたんですがね。二日前の晩、親爺が商いを終え、家に帰ろうとして松崎屋の前を通ったとき、店のむかいの家の脇に男がいるのを目にしたそうです」

利助が言った。

「それで、どうした」

菊太郎が話の先をうながした。

「その男は家の脇から離れると、松崎屋の戸口まで行って様子を窺っていたが、しばらくすると、店の前から離れ、そのまま両国広小路の方へむかったそうです」

「あやしいな。……賊の仲間かもしれん」

隼人が言うと、菊太郎がうなずいた。

## 七

「どうしやす」

利助が、菊太郎と隼人に目をやって訊いた。

「もっと聞き込んでみるか。盗賊のことで、ほかにも何か摑《つか》めるかもしれん」

菊太郎が、その場にいた男たちに目をやった。

「そうだな。帰るにはまだすこし早いし、近所で聞き込んでみるか」

隼人が言い、男たちは、一刻ほどしたら松崎屋の前にもどることにして、いったん分かれた。

ひとりになった菊太郎は、半町ほど通りの先にある笠屋《かさや》を目にとめた。店先に菅笠《すげがさ》、網代笠《あじろがさ》、編み笠などが、吊《つる》してあった。店の出入り口の脇には、合羽処《かっぱどころ》と書かれた貼り紙がある。ここは奥州街道であり、行き交う旅人も多いので、笠だけでなく合羽も売っているのだろう。

その笠屋の脇に道があり、その道沿いにも店屋が並んでいた。ただ、街道を行き来する旅人相手の店ではなく、地元の住人たちが利用する店らしい。

菊太郎は笠屋の脇の道に入って、地元の住人に話を聞いてみようと思った。何か見聞きしているかもしれない。

菊太郎は、笠屋の脇の小径《こみち》に入った。道沿いに、八百屋、酒屋、瀬戸物屋などの小《こ》体《てい》な店が並んでいた。通りを行き来しているのは、近所の住人らしい。子供や幼子の手を引く母親などが目についた。男たちは、仕事に出ているのだろう。

そこは街道と違って、旅人や駕籠、駄馬を引く馬子の姿などは見られなかった。

……八百屋の親爺に、訊いてみよう。

菊太郎は、道沿いにある八百屋に目をとめた。

客の姿はなく、親爺が店の前に置かれた台の大根を並べ替えている。菊太郎は親爺に近付き、

「ちと、訊きたいことがある」

と、声をかけた。

親爺は振り返って菊太郎を目にすると、驚いたような顔をした。その身形《みなり》から、町奉行所の同心と分かったのだろう。

「な、何です」

親爺が、声をつまらせて訊いた。大根を摑んだままである。

「表通りの松崎屋に、盗賊が入ったのを知っているな」

菊太郎が、念を押すように言った。

「へ、へえ。知ってやす」

親爺は手にした大根を台に置き、あらためて菊太郎に顔をむけた。

「そのことで、何か見たり聞いたりしたことはないか。何でもいい」

菊太郎が言った。

親爺は首を傾げたまま黙っていたが、何か思い出したのか、菊太郎に顔をむけ、

「近所に住む男から聞いたんですが……。その男は夜遅く帰《けえ》ってきたとき、二本差しがふたり、松崎屋の脇で何か話しているのを見たそうで」

そう言って、視線を菊太郎から台の上の大根にもどした。

「その男が二本差しを見たのは、いつのことだ」

菊太郎が訊いた。

「松崎屋に盗賊が入る二日前《めえ》でさァ」

「二日前か」

菊太郎は、そのふたりの武士も盗賊一味ではないかと思った。とすれば、すくなくとも、一味のなかに武士がふたりいたことになる。

「あっしが知っているのは、それだけで」

親爺はそう言うと、また台の上の大根を手にした。いつまでも油を売っているわけにはいかない、と思ったのかもしれない。

「手間を取らせたな」

菊太郎は店先から離れた。

それから、菊太郎は道沿いにあった別の店にも立ち寄り話を聞いたが、新たなこと

は分からなかった。

　菊太郎が松崎屋の前にもどると、隼人が待っていたが、まだ利助と綾次の姿はなかった。

「聞き込みに夢中になっているのかもしれん」

　隼人が苦笑いを浮かべた。

「ふたりがもどるのを待ちますか」

　菊太郎が訊いた。

「そうだな。すぐ、もどるだろう」

　隼人が言った。

　いっときすると、通りの先に目をやっていた菊太郎が、「来ました、利助と綾次が」と言って指差した。

　見ると、利助と綾次が走ってくる。そして、ふたりは菊太郎たちのそばまで来ると、足をとめ、「また遅れちまって申し訳ねえ」と、利助が喘《あえ》ぎながら言った。

　菊太郎は、利助たちの息が収まるのを待ち、

「おれから話す」

　と、八百屋の親爺から聞いたことを話した。

「おれも、武士がふたり、松崎屋の近くで店の様子を見ていたという話を聞いたぞ」

隼人が言い添えた。

「そのふたり、盗賊一味とみている」

菊太郎が、男たちに目をやって言った。

するとと利助が、

「あっしと綾次は、一膳めし屋から出てきた遊び人ふうの男をつかまえて、話を聞いていたんでさァ」

と、声をひそめて言った。利助の双眸が、いつになく鋭いひかりを帯びている。

「何か、分かったのか」

隼人が訊いた。

「へい、遊び人ふうの男は、松崎屋に押し入った盗賊の裏には、やくざの親分がいるはずだ、と言ってやした」

利助が、菊太郎と隼人に目をやって言った。

「やくざの親分か」

菊太郎が言った。顔に驚いたような表情はなかった。隼人の顔も、ふだんと変わらなかった。ふたりの胸の内にも、武士だけでやれるような手口ではなく、盗賊の裏には、やくざの親分のようなまとめ役がいるのではないかという読みがあったからだ。

「そのやくざの親分のことで、何か知れたか」

隼人が、声をあらためて訊いた。

「それが、親分の名も、住家《すみか》のある場所も、分からねえんでさァ」

利助が肩を落として言った。

「いずれ、分かるだろう。このままで済むはずはないからな」

隼人が言うと、その場にいた男たちがうなずいた。

次に口を開く者がなく、その場が沈黙に包まれると、

「また明日、出直すか」

菊太郎が、西の空に目をやって言った。

陽《ひ》は沈みかけていた。半刻（時間）もすれば、暮れ六ツ（午後六時）の鐘が鳴るだろう。

「どうだ。途中、蕎麦屋にでも立ち寄って、一杯やるか」

隼人が、その場にいた男たちに言った。隼人の胸の内には、事件の探索のために歩きまわることが多い皆の慰労もかねて一杯やろうという思いがあったようだ。

「そうしやしょう」

利助が身を乗り出して言った。そばにいた綾次も嬉《うれ》しそうな顔をしている。

菊太郎たち四人は、奥州街道を北にむかった。街道沿いにある蕎麦屋に立ち寄るつもりだった。

# 第二章　押し込み

## 一

「父上、紺屋町に行きます」

　菊太郎が隼人に言った。

　紺屋町には、豆菊という小料理屋があった。豆菊は利助の住む店である。ふだん、豆菊は女房のおふくと、義父の八吉《やきち》が店をひらいていた。八吉は老齢で腰がまがり、長時間小料理屋の仕事をするのはむずかしくなったが、それでも店の助けにはなっているらしい。

　八吉も長い間、岡っ引きをしていたが、子がなく、下っ引きだった利助を養子にもらったのだ。

　八吉は岡っ引きから足を洗う前、隼人の手先として事件にあたっていた。当然、菊太郎とも、探索にあたったことがある。

今は菊太郎が定廻《じょうまわ》り同心になり、八吉も菊太郎と事件について話すことが多くなった。江戸市中を歩きまわるのは無理だが、長い間、岡っ引きとしてやってきたので、事件を見る目は確かだった。それに、今でも八吉の知り合いが江戸市中に生存していて、八吉の紹介で事件にかかわる話を聞くことができる。

「八吉によろしくな」

隼人が、菊太郎に言った。

菊太郎は、隼人に一緒に豆菊に行くよう声をかけたが、「此度《こたび》の事件は、菊太郎の考えで探索にあたってくれ。八吉とも相談してな」と言い、あえてひとりで行かせることにしたのだ。

菊太郎はひとりで豆菊にむかった。何度も行き来した慣れた道である。

菊太郎は豆菊の前に立つと、耳を澄ませた。客が大勢いるようだったら、裏手から板場に入ろうと思ったのだ。

店内は静かだった。話し声は聞こえず、奥で水を使う音がするだけである。客はいないようだ。

菊太郎は、暖簾《のれん》をくぐって店内に入った。小上がりにも、奥の座敷にも客はいないようだ。

菊太郎が店内に入ると、水を使う音がやみ、奥で「いらっしゃい、すぐ、行きます」という女の声がした。声の主は、おふくである。すぐに、下駄《げた》の音がし、おふくが顔を出した。

「菊太郎さま、いらっしゃい」

おふくが、声をかけた。おふくは、菊太郎のことを名で呼ぶことが多かった。父親の隼人と一緒に来ることが多く、隼人のことを、長月さまと呼んでいたからだ。

「あら、菊太郎さま、おひとりですか」

おふくが、戸口に目をやって訊《き》いた。隼人を探したようだ。

「父上は、八丁堀に残っている」

菊太郎が言った。

「まあ、一緒に来ればよかったのに」

おふくが、残念そうな顔をした。

「ところで、利助はいるかな」

菊太郎が訊いた。

「いますよ。すぐ呼びますから」

おふくは板場にもどると、利助と八吉に声をかけた。

店内にいる菊太郎にも、おふくの声が聞こえてきた。

すぐに、板場から足音がし、利助と八吉が顔を出した。

「菊太郎さん、おひとりですかい」

八吉は、菊太郎のそばに来て戸口に目をむけた。利助も、戸口を見ている。このふたりも、隼人が一緒に来るものと思ったらしい。それというのも、これまでは菊太郎がひとりで豆菊に来ることは滅多になかったからだ。

「今日は、おれひとりだ」

菊太郎が言った。

「そうですかい。ともかく、上がってくだされ」

八吉が、小上がりに手をむけた。

八吉はだいぶ老いていた。歳《とし》は聞いていなかったが、古希を過ぎているのは確かである。ただ、肩幅は広く、腰はどっしりとしていた。現役のころを思わせる体軀《たいく》である。

八吉は、「鉤縄《かぎなわ》の八吉」と呼ばれる腕利きの岡っ引きだった。

鉤縄というのは、特殊な捕物道具である。江戸市中に大勢いる岡っ引きのなかでも、八吉だけが使っていた。

鉤縄は、細引《ほそびき》の先に熊手のような鉄製の鉤がついていた。紐《ひも》のついている鉤を投げ付けて相手の着物に引っ掛け、引き寄せて捕らえるのだ。鉤縄は強力な武器にもなった。鉤を相手の顔や頭に投げ付けて斃《たお》すのである。

最近は、店が暇な時などに、利助にこの鉤縄を仕込んでいるようだ。実戦で使えるようになるまでにはまだかかるらしいが、隼人も菊太郎も、利助がこの鉤縄を使えるようになれば、かなりの戦力になると期待していた。

菊太郎が小上がりに腰を下ろすと、

「一杯やりやすか」

八吉が訊いた。

「いや、これから、利助と一緒に出掛けるつもりなのだ」

菊太郎はそう言った後、「八吉に、訊きたいことがあるのだがな」と小声で言い添えた。

「何です、訊きたいこととは」

八吉の顔から、笑みが消えた。捕物にかかわる話と思ったようだ。

「利助から聞いていると思うが、松崎屋に押し入った賊のなかに、武士が何人かいたようだ。牢人《ろうにん》だろうが、腕がたつらしい。八吉は、その武士に心当たりはないかと思ってな」

菊太郎が言った。

「利助から聞きやしたが、あいにく思いあたる者はいねえんで……」

八吉は首を傾《かし》げた。

「そうか」

菊太郎は、気を落とさなかった。八吉は長く捕物から離れているので、心当たりがなくて当然かもしれない。

八吉は立ったまま黙っていたが、「政造《まさぞう》なら、知っているかな」と呟《つぶや》いた。

「たしか、政造という名の男が——」

菊太郎が身を乗り出した。

「隣の二丁目で、飲屋をやってやす」

八吉が言った。紺屋町二丁目は豆菊のある一丁目の東方に位置し、豆菊からも近かった。

「これから行ってみるか」

菊太郎が腰を上げようとすると、板場からおふくが顔を出し、

「お茶がはいりましたよ」

と、声をかけた。おふくは、湯飲みと小皿をのせた盆を手にしていた。小皿には茶菓子があった。

「馳走《ちそう》になってから行くか」

菊太郎は、座り直した。

二

菊太郎は茶を飲み終え、ひと休みしてから腰を上げた。これから二丁目にある政造という男がやっている飲屋に行くつもりだった。

利助が立ち上がると、そばにいた八吉が、

「あっしらも、お供しやしょう」

と、腰を上げた。

「いいのか、店をあけて」

菊太郎が訊いた。

「おふくがいやす。今日は客が来ないようだし、菊太郎さんと政造の店で一杯やるのも、悪くねえ」

八吉はそう言った後、おふくに「出掛けてくるぞ」と声をかけ、菊太郎と利助につづいて豆菊を出た。

「政造の店は、すぐ近くです」

八吉は、通りに出ると先にたった。

八吉の言ったとおり、表通りを東にむかっていっとき歩くと、道沿いにある飲屋らしい店が見えた。戸口に、縄暖簾が出ていた。店の脇に吊《つる》してある提灯《ちょうちん》に、「酒肴《さけさかな》」と書いてある。

「政造の店にも、客はいねえようだ」

八吉が、戸口の腰高障子《こしだかしょうじ》を開けた。

つづいて菊太郎が店に入ると、土間に飯台があり、腰掛けがわりの空樽《あきだる》が置かれていた。土間の先には、狭いが小上がりがある。そこにも、客の姿はなかった。まだ昼を過ぎたばかりで、客が顔を出すのはこれからなのだろう。

そのとき、客を入れる店内の右手の奥で、「すぐ、行きやす」という男の声がした。

待つまでもなく板戸が開いて、浅黒い顔をした年配の男が姿を見せた。手拭いを肩にひっかけている。その手拭いで、男は濡《ぬ》れた手を拭きながら、

「八吉親分ですかい」

と、声をかけた後、「御一緒の方は」と、菊太郎に目をむけて訊いた。顔に警戒の

色があった。

菊太郎は八丁堀の同心ふうの格好ではなく、小袖に袴《はかま》姿で来ていたが、政造にとっては見ず知らずの武士だったので、何ごとかと警戒したようだ。

「前《めえ》に話したことがあるかもしれねえが、むかし、おれが世話になったお方のひとりなんだ。町方だが、心配することはねえ。……おれたちをお縄にすることはねえからな。それればかりか、何かあったときに頼りになるぜ」

八吉がそう言うと、政造は表情をやわらげ、

「一杯《いっぺえ》、やりやすかい」

と、菊太郎と八吉に目をやって訊いた。

「その前《めえ》に、訊きてえことがあるんだ」

そう言って、八吉が菊太郎に目をやった。

菊太郎は飯台の脇に置かれた空樽に腰を下ろすと、

「松崎屋に賊が押し入ったことを知っているか」

と、声をひそめて政造に訊いた。

政造は八吉の脇に立ったまま、

「噂《うわさ》は耳にしてやす」

と、小声で言った。政造の顔が、急に険しくなった。飲屋の親爺《おやじ》とは思えない凄《すご》みがある。

「賊のなかには、武士がふたりいたらしいのだ」

さらに、菊太郎が言った。

「そうですかい」

政造が言った。

「賊の頭目はやくざの親分らしいのだが、政造、心当たりはないか」

菊太郎が、政造を見つめて訊いた。政造にむけられた目には、町方同心になったばかりとは思えない鋭さがあった。それだけ、菊太郎には、松崎屋に押し入った賊を何とか捕らえたいという強い思いがあったのだ。

政造は黙したまま虚空《こくう》を睨《にら》むように見つめていたが、

「闇《やみ》の源蔵《げんぞう》かもしれねえ」

と、つぶやいた。双眸《そうぼう》が、底光りしている。

そこへ、菊太郎と政造のやり取りを聞いていた八吉が、

「政造、闇の源蔵という男を知っているのか」

と、政造を見据えて口を挟んだ。

「噂を聞いただけでさァ」

「どんな噂だ」

八吉が、たたみかけるように訊いた。

「源蔵の子分たちのなかに、腕のたつ二本差しが何人かいて、平気で人を殺すそうでさァ。下手《へた》に探ったりすると、生きちゃァいられねえ」

政造は、首をすくめた。

「子分たちのなかに、武士がいるのか」

菊太郎が、念を押すように訊いた。

「噂を聞いてるだけで詳しいことは知らねえが、二本差しは子分といっても、客人のような立場らしい」

政造が言った。

「ところで、闇の源蔵とやらの塒《ねぐら》がどこかは知らないか」

菊太郎が、声をあらためて訊いた。

「噂でしか知らねえが……」

政造が、語尾を濁した。

「噂でいい。どこだ」

「はっきりどこかは知らねえが、浜町堀《はまちようぼり》にかかる汐見橋《しおみばし》の近くと聞いたことがありやす」

政造が、首を傾げながら言った。

「汐見橋の近くだと！」

菊太郎の声が、大きくなった。松崎屋は、汐見橋からはそれほど遠くなかった。それだけではない。薬研堀近くの大川端で殺された両替屋の主人の富蔵のことも思い出した。汐見橋から、薬研堀も遠くない。松崎屋に押し入った賊のなかには武士がいたし、富蔵を殺したのは遣い手の武士とみていたのだ。下手人は、同じ武士とみて、いいのではあるまいか。

菊太郎は胸の内で、「松崎屋の件と薬研堀の件はつながっている」と思った。だが、それは口にせず、

「源蔵の塒は仕舞屋《しもたや》ではあるまい」

と、さらに訊いた。

「噂を聞いてるだけでして……」

政造が語尾を濁らせた。

「話してくれ」

「料理屋だと聞いてやす」

「料理屋か！」

　菊太郎が、声を大きくした。

「源蔵の情婦《いろ》が、料理屋の女将《おかみ》をしているそうで」

「料理屋の名は、分かるか」

「さあ、なんていったか……思い出せねぇなァ」

　政造が小声で言った。

「思い出してくれ」

　菊太郎が粘り強く言ったが、

「……すまねぇ、やっぱり思い出せねぇ」

　とすまなそうに、頭を掻《か》いた。

「いや、場所が分かっただけでも助かった」

　菊太郎は礼を言った。汐見橋の近くということだけでも分かれば、どの店かは絞り込みやすい。近所の住人に聞き込んでみようと思った。

　菊太郎が口を閉ざしていると、

「あっしは、ちょいと忙しいもんで」

そう言って、政造はもう板場にもどりたいような素振りを見せた。

「手間をとらせたな。仕事に、もどってくれ」

菊太郎が、政造に声をかけた。

菊太郎、八吉、利助の三人は政造の店から出ると、路傍に足をとめた。

「せっかく場所だけでも分かったのだ。汐見橋の近くで、少しでも聞き込んでみたいが……」

菊太郎が言うと、

「行きやしょう」

利助が声高《こわだか》に言い、そばにいた八吉も、

「今日はあっしもお供します」

とうなずいた。

三

菊太郎、八吉、利助の三人は政造の店から離れると、南北につづいている通りに出て、南にむかった。そして、奥州街道に出ると、東に足をむけた。浜町堀まで行って、緑橋《みどりばし》のたもとを右手にむかえば、汐見橋に出られる。

菊太郎たち三人は、汐見橋のたもとに着いた。

「まず、料理屋らしい店を探しますか」

八吉が、橋のたもと近くにある店に目をやった。飲み食いできる店で、蕎麦屋《そばや》、一膳めし屋などはあったが、料理屋らしい店はなかった。

「近所で訊いた方が早いな」

菊太郎が言った。

菊太郎は、汐見橋を渡った先に酒屋があるのに目をとめた。渡った先は、橘町《たちばなちょう》一丁目である。

酒屋の前には、水の入った大きな桶《おけ》が置いてあった。水を入れた桶は、酒を買いにきた客が持参した徳利《とっくり》を洗うためのものである。どの酒屋の前にも置いてあり、店先の桶を見れば、酒屋と分かる。

「あの酒屋で、訊いてみるか」

菊太郎が言うと、すぐに利助が、

「あっしが、訊いてきやす」

と言い残し、小走りに酒屋にむかった。

利助は中に入り、店の親爺らしい男と何やら話していたが、しばらくすると菊太郎たちのそばにもどってきた。

「それらしい料理屋は知れたか」

菊太郎が訊いた。

「それらしい店が、二軒ありやした」

「二軒か、それで」

菊太郎が先を促すと、

「へえ、酒屋を通り過ぎて、二町ほど行ったところに一軒。もう一軒は、酒屋の脇の道に入って、一町ほど行くとあるそうでさァ」

利助が、親爺に聞いてきたことを話した。

「そのうちのどちらかだな」

菊太郎が言った。

「一軒ずつあたってみよう」

利助と八吉がうなずいた。

「まずは、この道沿いの店から行くか」

菊太郎が先にたち、利助と八吉が後につづいた。

菊太郎たちは、酒屋を通り越して、進んでいった。道沿いには、献残屋《けんざんや》、蠟燭屋《ろうそくや》などのほか、赤提灯《あかちょうちん》も目についた。行き来する人もちらほらと見える。

二町ほど歩くと、小さな料理屋が見えた。店の脇の掛看板に「小料理　志《し》ち野《の》」と書いてある。

「料理屋だな」

菊太郎が、路傍に足をとめて指差した。

志ち野はもう店を開けており、暖簾がかかっていた。外から窺《うかが》うと、店内からは男と女の話し声が聞こえた。もう客が来ているらしい。

「源蔵の塒はこの店ですかね」

八吉が言った。

「どうかな、近所をあたって確かめてみるか」

菊太郎がそう言って、話を聞けそうな者がいないか辺りを見回した。

そこへ、ちょうど店の引き戸をあける音がして、中から、大店《おおだな》の旦那ふうの男と女が出てきた。

三人は少し離れた場所に移動した。

ふたりは、店の外でしばらく何やらもめているようだったが、男の方が「おしち、またすぐ来る」と言って女から離れようとした。

女は「そんなこと言って、今度来るのはいつになるのかしらね」と尖《とが》った声で返した。しかし、「おーい、女将。一本頼むよ」と店の中で声がすると、「はいはい、ただいま」と、急に愛想のよい声になり、暖簾のむこうへもどっていった。

八吉が呆《あき》れた顔で、

「ありゃあ、痴話げんかですぜ」

と言った。

菊太郎が、

「そうだな。あの大店の旦那ふうが、女将の情夫《いろ》だろう」

と言うと、

「そのようで」

利助が肩をすくめた。

菊太郎は、もと来た方にむき直ると、気を取り直したように言った。

「では、もう一軒の方に行ってみよう」

三人は来た道を引き返した。

三人は、先ほど話を聞いた酒屋までもどってくると、酒屋の脇の道に入った。その道にも、行き来する人の姿があった。道沿いには、八百屋《やおや》、米屋、下駄屋など暮らしに必要な物を売る店と居酒屋などの飲み食いできる店が目についた。

利助が聞いてきたとおり、脇道に入って一町ほど歩くと、料理屋があった。店脇の掛看板に「御酒　御料理　吉乃屋《よしのや》」と書いてあった。

「この店だ」

菊太郎が、路傍に足をとめて指差した。

吉乃屋は開いているらしく、店先に暖簾が出ていた。耳を澄ますと、店内から嬌声《きようせい》や男の濁声《だみごえ》などが聞こえた。客がいるらしい。

「さっきの志ち野って店よりはあやしい気がするが、源蔵や子分たちが塒として寝泊まりできるとは思えねえ」

八吉が言った。

「もし実際にここが源蔵の息のかかった店だとしたら、どこかここことは別に隠れ家でもあるのかな」

菊太郎も、源蔵と子分たちが、目の前にある吉乃屋で寝起きしているとは思えなかった。吉乃屋はそれほど大きな店ではなかった。一階がどうなっているか分からないが、二階には二部屋しかなさそうだ。さすがに、源蔵や子分たちが寝泊まりするには狭いだろう。

「念のため、店を探ってみやすか」

利助が言った。

「そうしたいところだが、今日はもう暗くなってきた」

菊太郎がそう言った時だった。

吉乃屋に目をやっていた八吉が、

「誰か出てきやしたぜ！」

と、身を乗り出して言った。

店の入口の格子戸があいて、商家の旦那らしい男がふたり、つづいて年増《としま》がひとり出てきた。年増は店の女将であろうか。ふたりの客を見送るために、店から出てきたらしい。三人は、店の前で何やら話していたが、恰幅《かっぷく》のいい男が、「女将、また来るよ」と言って、もうひとりの男と一緒にその場を離れた。

女将と呼ばれた年増は店の前に立ってふたりの男を見送っていたが、男たちが店先から遠ざかると、踵《きびす》を返して店にもどった。

ふたりの男は何やら話しながら、浜町堀の方へ歩いていく。

「あっしが、あのふたりに訊いてきやす」

そう言って、八吉がその場を離れた。

八吉は「もし、もし」と言いながらふたりの男の後を追い、追いつくと何やら話しかけた。そして、ふたりの男と肩を並べて歩きだした。

八吉はしばらくふたりの男と話しながら歩いていたが、三人の姿が菊太郎たちから一町ほど遠ざかったあたりで、足をとめた。そして、足早にもどってきた。男たちは、そのまま浜町堀の方へ歩いていく。

八吉は菊太郎たちのそばにもどり、

「み、店には、女将と女中、それに職人ふうの男がふたりいるだけのようで」

と、声をつまらせて言った。歳のせいか、すぐに息があがるようだ。

「店の中に、源蔵らしき男はいたか」

菊太郎が言った。

「それが、それらしい男はいなかったそうでさァ」

八吉が残念そうに言った。

「そううまくはいかないだろう。だが、さっきの店の様子からすりゃあ、この吉乃屋が伝蔵の情婦《いろ》の店だろうな」

菊太郎がふたりにむかって言った。

「ちがいねぇ」

と八吉がうなずいた。

「しばらく様子を見やすか。運がよけりゃあ、なにか摑《つか》めるかもしれねぇ」

利助が言うと、菊太郎と八吉がうなずいた。

菊太郎たち三人は、吉乃屋の斜向《はすむ》かいにあった下駄屋の脇に身を隠し、吉乃屋に目をやった。

半刻《はんとき》(一時間)ほど、経《た》ったろうか。吉乃屋から源蔵らしき男はおろか、子分と思われる者も姿を見せなかった。

「それらしいのは出てこねえなァ」

利助がひとりごとのように呟いた。

「たしかに、さっぱりだな」

菊太郎が両手を突き上げて伸びをしたとき、脇にいた八吉が、

「あそこの柳の陰にも、吉乃屋に目をつけたやつがいやすよ」

そう言って、下駄屋から半町ほど離れた道沿いに植えられた柳を指差した。

柳の樹陰に、人影があった。男である。小袖を裾高に尻《しり》っ端《ぱしょ》折りし、黒股引《くろももひき》で草履を履いていた。

「岡っ引きの茂《も》助《すけ》ですぜ」

利助が小声で言った。

「茂助とやらも、源蔵の塒を探っているようだな」

菊太郎は、柳の樹陰にいる男に目をやって言った。

「茂助が様子をうかがっているなら、あの料理屋が源蔵の隠れ家でまちがいないのかもしれない。だが、政造が、源蔵一味は平気で人を殺すと言っていたろう。この辺りのことをまだよく知らないまま、夜にやつらと鉢合わせても危険だ。また明日来ることにして、今日のところはもう引き上げた方がいい」

菊太郎が、八吉と利助に目をやって言った。

菊太郎は、もし源蔵たちが料理屋にいたとしても、この場にいる三人だけでは太刀《たち》打《う》ちできないとみた。それに、菊太郎は胸の内で、父の隼人に今日摑んだことを話し、今後どう手を打ったらいいか訊いてみたいと思っていた。

「そうしやすか」

利助が言った。利助も、暗くなってくるなかでこれ以上探るより、出直した方がいいと思ったようだ。

菊太郎たち三人が下駄屋の脇から通りに出たとき、八吉が柳の樹陰を指差し、

「茂助は、まだ粘るようですぜ」

そう言って、菊太郎に目をやった。

「そのうち、茂助も諦めるだろう」

このとき、菊太郎はこれが茂助の見納めになるなどとは、思ってもみなかった。

## 四

「菊太郎、これまでだ。木刀を引け！」

隼人が、菊太郎に声をかけた。

「はい！」

すぐに、菊太郎は手にした木刀を下げた。

菊太郎と隼人がいるのは、八丁堀にある組屋敷の庭だった。おたえが支度してくれた朝餉を食べ終え、ふたりがひと休みしているとき、

「菊太郎、焦ることはない。まずはひと汗かこう。……昼ごろ、ここを出て汐見橋の近くまで行ってみればいい」

隼人がそう言って、木刀を手にして庭に出た。

隼人の胸の内には、ひと汗かく程度の剣術の稽古で、菊太郎の緊張をほぐしてやろうという思いがあったようだ。

菊太郎と隼人は、半刻ほど稽古をつづけた。その後、木刀を引き、手拭いで顔の汗を拭きながら、縁側に腰を下ろした。

「おたえに、茶でも淹《い》れてもらうか」

隼人が言った。

そのとき、戸口の方で慌ただしい足音が聞こえた。足音は戸口で止まり、「長月の旦那いやすか！」と、男の声が聞こえた。

「利助だ！」

隼人が言った。

「何かあったようだ」

菊太郎は、縁先にあった下駄を突っ掛けると慌てて戸口にむかった。

隼人も縁先から離れて、戸口のほうに目をやった。待つまでもなく、菊太郎が利助を連れ、慌てた様子で縁先にまわってきた。

菊太郎は縁先に近付くと、

「父上も、利助の話を聞いてください」

すぐに、声高に言った。

「岡っ引きが、殺《や》られやした！」

利助が、足踏みしながら言った。よほど急いで来たとみえ、顔が汗でひかっている。

「どういうことだ」

隼人が訊いた。

「殺られたのは、岡っ引きの茂助です。源蔵の塒らしい料理屋を見張っているところを、斬られたようでさァ」

「なに！」

隼人が表情を変えた。

「茂助は、どこで殺されたんだ」

菊太郎が、まだ驚きが収まらない様子で訊いた。

「おれたちが昨日茂助を見た、まさにあの場所でさァ」

利助によると、今朝早く、八吉とふたりで豆菊を出て、吉乃屋のまわりで聞き込みをしてみようと思い、汐見橋の方へむかったという。

「吉乃屋の近くまで行ったら、柳の木の下に人が倒れてたんでさァ。それで、仏の顔を覗《のぞ》いてみると、茂助でやした。これは少しでも早く旦那たちの耳に入れなけりゃと思い、仏に近くの空き家の戸にぶら下がっていた葦簀《よしず》をかけて目立たないようにしてから、急いでここに来たんでさァ」

利助が口早に言った。八吉には、まっすぐ豆菊に帰ってもらったという。

「茂助は気の毒だったが、あそこに張っていて殺られたというなら、あの吉乃屋が、源蔵の情婦の店とみて間違いないな」

と隼人は言った。

「はい。下手人は、源蔵の手の者ではないでしょうか。……刀で斬られたのなら、源蔵一味に加わっている武士かもしれません」

菊太郎が言った。

「あっしも、そうみやした」

「父上、どうします」

菊太郎が、隼人に目をやって訊いた。

「茂助の遺体は、まだ汐見橋の近くにあるのか」

隼人が、利助に訊いた。

「そのはずでやす」

「斬り口を見れば、下手人の腕のほどが分かる。遺体を見てみるか」

隼人が言うと、

「行きましょう」

菊太郎が、声高に言った。その気になっている。

菊太郎たち三人が縁先で話していると、縁側に面した座敷の障子が開いて、おたえが顔を出した。

「あら、利助さん、見えてたの。すぐ、お茶を淹れるわね」

おたえはそう言って、台所へもどろうとした。

「おたえ、茶はいい。おれたちは、すぐに出掛ける」

隼人は慌てて言い、縁側に上がると、「菊太郎、着替えるぞ」と声をかけた。

菊太郎は利助に戸口で待っているように話し、隼人につづいて縁先から座敷に入った。菊太郎と隼人は、羽織袴姿で二刀を腰に帯びた。八丁堀同心のように、羽織の裾を捲《まく》り上げて帯に挟む巻羽織《まきばおり》と呼ばれる格好ではなかった。できれば、源蔵たちに八丁堀同心と知られたくなかったのだ。

菊太郎と隼人が戸口から出ると、足早に後を追ってきたおたえが、

「おまえさん、菊太郎、とにかく気をつけて!」

と、声をかけた。

「おたえ、心配するな。もう、菊太郎も一人前だ」

隼人が言い、菊太郎とともに組屋敷の木戸門にむかった。

先に門から出ていた利助が、「急ぎやすぜ」と、隼人たちに声をかけ、同心の組屋敷の続く通りを足早に西に歩きはじめた。

八丁堀を出ると、日本橋川にかかる江戸橋を渡り、入堀沿いの道を北にむかった。そして、奥州街道を通って浜町堀にかかる緑橋のたもとに来た。さらに、浜町堀沿いの道を南にむかい、汐見橋のたもとに出た。

「こっちでさァ」

利助が先にたって汐見橋を渡り、酒屋の脇の道に入った。その道の先に、吉乃屋はある。菊太郎たちは、迷うことなく進んでいった。

菊太郎たちは、まず吉乃屋を見に行った。

「店に、変わりはないようだ」

菊太郎が言った。

「岡っ引きの茂助は、どこで殺されていたのだ」

隼人が、利助に訊いた。

「そこの柳のそばでさァ」

利助が、半町ほど先の路傍の柳を指差した。

「行ってみよう」

隼人が言い、三人は柳に近付いた。

「な、ない！　死体がない」

利助が声を上げ、

「朝はここに、茂助の亡骸《なきがら》があったんでさァ」

と、柳の陰を指差して、言い添えた。

「誰か、死体を片付けたのかな」

隼人が首を傾げた。

その場にいた三人は、辺りに目をやった。何の痕跡もなかった。恐らく、死体を片付けた誰かが、足跡や血痕なども消したのだろう。隼人は、手なれた者の仕業だとみた。

「どうしやす」

利助が訊いた。

「せっかく、来たのだ。このまま吉乃屋を見張るか。子分が、出てくるかもしれん」

菊太郎が言うと、その場にいた隼人と利助がうなずいた。

## 五

菊太郎、隼人、利助の三人は、昨日と同じ、下駄屋の脇に身を隠し、吉乃屋に目をやった。そこからだと、吉乃屋まですこし遠いが、見張るにはちょうどいい。ただ、三人で身を隠すには、すこし狭かったので、近くの路傍で枝葉を繁らせている椿《つばき》の陰に隠れて見張ることにした。

通りを行き交う人は、絶えなかった。菊太郎たちを見て、不審そうな顔をする者もいたが、何も言わずに通り過ぎていく。

それから半刻ほど経ったが、吉乃屋から話の聞けそうな者は、誰も出てこなかった。

「出てこねえなァ」

利助が、両手を突き上げて伸びをしながら言った。

が、その両手を突き上げたまま、

「出てきた！」

と、小さく声を上げた。

「よし、おれが行ってみよう」

菊太郎はその場を離れ、さりげなく店から出てきたふたりの男に近づいた。そして、

「人を探しているのだが」と声をかけた。

その後、ふたりが歩いていく方向に一緒に歩きだした。菊太郎は、しばらくふたり

のうち、よく喋《しゃべ》る方の男と何やら話していたが、しばらくすると歩みをとめた。そして、隼人たちのいる方に足早にもどってきた。

「源蔵は、店に来てないのか」

隼人が言った。

「それが、店の中にはいなかったが、近くにいるかもしれないと言っていました」

菊太郎が身を乗り出して言った。

「どういうことだ！」

「さっきの男のうちのひとりが、店の裏手に離れがあって、女将の情夫《いろ》がいるかもしれないと言っていたんです」

「店の裏に離れがあるのか」

「はい。……店の脇に、裏手にまわれる細い道があるそうです」

菊太郎が言った。

「あるな。そう言われなければ、道には見えないが」

隼人が指差した。

よく見ると、吉乃屋の脇に小径《こみち》があった。道というより、表から裏に行き来するおり、地面が踏み固められただけだろう。

「だが、源蔵が離れにいるかどうかまではっきりしないのです」

菊太郎は、吉乃屋の脇の小径に目をやっている。

「しばらく、様子を見やすか。源蔵か子分が、姿を見せるかもしれねえ」

利助が言うと、菊太郎と隼人がうなずいた。

三人は、吉乃屋の近くの椿の樹陰に身を隠し、再び吉乃屋の方に目をやっていた。

半刻ほど、経ったろうか。吉乃屋からも店の脇にある小径からも、源蔵はおろか誰ひとり姿を見せなかった。

「出てこねえなァ」

利助が、うんざりした顔で言った。

「そううまくはいかないな」

菊太郎は深々と大きく息を吸うと、また口をつぐんだ。

さらに、一刻ほど経った。吉乃屋には何人かの客が出入りしたが、裏手の離れにつづく小径から、姿を見せた者はいなかった。

「あっしが、裏にまわって様子を見てきやしょうか」

利助が身を乗り出して言った。

「駄目だ。下手に離れに近付くと、源蔵の子分たちの目にとまって、殺られるかもしれない」

ちょうどそのとき、吉乃屋の脇の小径から、遊び人ふうの男がひとり出てきた。そして、通りの先に足をむけた。源蔵の子分かもしれない。

「あの男に訊けば、源蔵や子分たちの様子が分かるかもしれんな」

隼人が言うと、

「あっしが、訊いてきやす」

利助はそう言って、椿の樹陰から通りに出ようとした。

「待て、利助」

菊太郎が声をかけて、利助をとめ、

「茂助のこともある。とにかく慎重に行った方がいい。あの男を捕らえて、いろいろ訊けるように、利助は男の前にまわってくれ」

と、言い添えた。

「承知しやした」

利助は、小走りに男の後を追った。

菊太郎と隼人は、利助の後ろから男に近付いていく。

利助は男の脇を通って前に出ると、すこし距離をとってから足をとめた。そして、踵を返すと、ゆっくりとした足取りで、男に近付いていった。

男は、利助が迫ってくるのを目にして足をとめた。ただの通行人ではないと察知したらしく、警戒するような顔をして懐に右手をつっ込んだ。匕首《あいくち》でも、忍ばせているようだ。菊太郎と隼人は、忍び足で男の背後に迫った。男は近付いてくる利助に気をとられ、背後のふたりには気付いていないようだ。

男は利助に近付くと、

「てめえ、おれに何か用があるのかい」

と、睨みつけて訊いた。

「用があるのは、後ろのおふたりだよ」

利助が、薄笑いを浮かべて言った。

「なに！　後ろのふたりだと」

男は、振り返った。

菊太郎と隼人は、男のすぐ近くまで来ていた。隼人は抜刀し、刀身を峰に返している。菊太郎は素手だった。この場は、腕のたつ隼人に任せたのだ。

「は、挟み撃ちか！」

男は声をつまらせて言い、反転して逃げようとした。

「遅い！」

隼人は言いざま踏み込み、手にした刀を横に払った。一瞬の太刀《たち》捌《さば》きである。

峰打ちが、男の脇腹をとらえた。男は苦しげな呻《うめ》き声を上げ、両手で腹を押さえてうずくまった。

隼人はすばやく男の背後に立ち、手にした刀の切っ先を男の首にむけ、

「逃げようとすれば、首を落とすぞ」

そう言った後、利助に目をやり、「縄を掛けろ！」と指示した。

すぐに、利助は腰にぶら下げていた捕縄を手にし、男の両腕を後ろにとって縄をかけた。

岡っ引きだけあって、手際がいい。

「ここだと、人目につく。あそこの椿の陰まで連れて行こう」

隼人が言った。

菊太郎たち三人は、男にかけた縄が目立たないように、三方から取り囲むようにして椿の樹陰に男を連れて行った。

「名は？」

隼人が、男を見据えて訊いた。

男は戸惑うような顔をしていたが、

「安次《やすじ》でさァ」

　と、小声で名乗った。

「安次、そこの柳の陰にあった死体は、どうした。身内が来て、引き取ったのか」

　隼人が訊いた。

「そうじゃァねえ。いつまでも、死体を晒《さら》しておけねえので、おれたちが近くの空地に運んで埋めたのよ」

　安次が、顔をしかめて言った。

　隼人が口を閉じると、脇にいた菊太郎が、

「ところで、茂助を殺したのは、誰だ」

　と、安次に訊いた。

　安次は戸惑うような顔をしたが、

「小松《こまつ》の旦那でさァ」

　と、名を口にした。

「小松の旦那とは、何者だ」

　菊太郎は声を大きくした。

「武士でさァ。小松辰之進《たつのしん》って名と聞いてやす」

「武士か」

と菊太郎は言い、さらに訊いた。

「小松という男は、一味のなかで客人のような立場か」

菊太郎は、政造から聞いたことを思い出したのだ。

「そうでさァ」

安次は、隠さなかった。

「おまえたちの親分は誰だ」

「……そ、それは言えねえ」

安次は怯《おび》えたように顔を歪《ゆが》めた。

隼人は、安次の首に切っ先を突きつけてみせた。

「か、勘弁してくだせえ」

「では言え。親分は誰だ!」

菊太郎は鋭い目で安次を睨みつけた。

「げ、源蔵親分でさァ」

「源蔵か」

と菊太郎が念を押すと、安次はうなだれるように頷いた。

「ところで、源蔵はどこにいるのだ」

　隼人が訊いた。

「吉乃屋の裏手の離れでさァ」

「そうか、ではいまもいるんだな」

　隼人が、身を乗り出した。

「へえ、いやす」

　安次はうなずいた。

「源蔵のそばには、もうひとり武士がいるな」

　菊太郎が、隼人に代わって訊いた。

「いやす」

　安次は、今度はすぐに言った。

「その武士の名は」

「長峰達次郎《ながみねたつじろう》でさァ」

「長峰も、源蔵のそばにいることが多いのか」

「そうでさァ。……ふたりとも、親分の用心棒で」

　安次はそう言った後、

「あっしを帰《けえ》してくだせえ。源蔵親分とは、縁を切りやす」

と、菊太郎を見つめて言った。

すると、菊太郎の脇にいた隼人が、

「帰してもいいが、安次は死にたいのか」

と、口を挟んだ。

「…………！」

安次の顔から、血の気が引いた。

「おまえがおれたちに親分や小松たちのことを話したことは、いずれ源蔵の耳に入るぞ。源蔵は、おまえを生かしてはおくまいな」

隼人が言った。

「そ、そうかもしれねえ……」

安次の声が掠《かす》れた。

「親分の目のとどかない所に身を隠すのだな」

「そうしやす」

安次が震えながら言った。

## 六

菊太郎は、遠ざかる安次の姿に目をやっていたが、

「親分の源蔵は、裏手の離れにいるって話でしたが、どうします」

と、隼人に顔をむけて訊いた。

「離れには、源蔵だけでなく小松と長峰がいると言っていたな。それに、子分たちも何人かいるはずだ。ここにいる三人で踏み込めば、返り討ちにあうだけだ」

隼人が、険しい顔をして言った。

「離れに踏み込んでも、源蔵たちを捕らえるのは無理か……」

菊太郎は、せっかく一味の居場所が知れたはいいが、ここで返り討ちにあっては意味がないと思った。

次に口を開く者がなく、その場が重苦しい沈黙につつまれたとき、

「このまま、何もしないでもどるのは癪《しゃく》だな。どうだ、手分けして近所で聞き込んでみないか。源蔵、小松、長峰の三人が、いつまでも裏の離れに引きこもっているはずはない。どこかに、出掛けるはずだ。三人が別々に離れを出れば、おれたちの手で捕らえることができるかもしれん」

隼人が、菊太郎と利助に目をやった。

「三人で、まとまって聞き込みにあたるより、範囲を決めて別々に話を聞きましょう」

菊太郎が言った。

「どうだ、おれと利助は、汐見橋のたもとまでもどり、浜町堀沿いの道を歩いて聞き込んでみる。菊太郎はこの道をたどり、源蔵たちの話を聞けそうな店に立ち寄って訊いてみてくれ」

隼人が言うと、菊太郎と利助がうなずいた。

隼人が一刻ほどしたらこの場にもどることを話してから、利助を連れて汐見橋の方へむかった。

ひとりになった菊太郎は、吉乃屋のある通りを汐見橋とは反対方向へ歩いた。進むにつれ、店屋はすくなくなり、民家や空地などが目立つようになった。行き交う人の姿もあまり見られない。

……次に店があったら、そこに立ち寄ってみるか。

菊太郎は、道の左右に目をやりながら歩いた。そして、二町ほど歩いたとき、道沿いにある搗米屋《つきごめや》に目をとめた。

店のなかには、足で踏んでつく米搗きの道具があった。その脇の板間で、店の親爺らしい男が茶を飲んでいた。ちょうどひと休みしているらしい。

菊太郎は、搗米屋の店先まで行き、

「ちと、訊きたいことがある」

と、親爺に声をかけた。

「あっしですかい」

親爺は、湯飲みを手にしたまま訊いた。

「そうだ」

「すぐ、行きやす」

親爺は手にした湯飲みを板間に置いて、菊太郎のそばに来た。

「ひと休みしているところ、邪魔をしてすまんな」

菊太郎が言った。

「何です」

「いや、大きい声では言えないのだがな。この先に、吉乃屋という料理屋があるな」

菊太郎は、吉乃屋の名を口にした。

「ありやす」

親爺の顔色が変わった。源蔵たちのことを知っているようだ。

「実は、吉乃屋で何度か飲んだことがあるのだがな。……店で、源蔵という親分と一緒にいる武士を見たことがあるのだ」

菊太郎は、作り話を口にした。

「そうですかい」

親爺の顔には警戒の色が浮いている。菊太郎の言うことが、信じられないのかもしれない。

「おれが見たところ、源蔵と武士は吉乃屋に入ったまま出てこないのだ。店のどこかに寝泊まりしていそうなんだが、出掛けることはないのか」

菊太郎は、小松と長峰の名は口にしなかった。

「出掛けることも、ありやすよ」

親爺が、声をひそめて言った。

「出掛けることがあるのか」

菊太郎も、小声で訊いた。

「ありやす」

「どこへ、出掛けるのだ」

「……………」

親爺は戸惑うような顔をして口を閉じていたが、

「賭場《とば》でさァ」

と、さらに声をひそめて言った。

「賭場だと！」

思わず身を乗り出して、菊太郎が訊き返した。

「そう聞いてやす」

「賭場は、どこにあるのだ」

菊太郎が、訊いた。賭場のことは、これまで耳にしていなかった。

「この道を先に向かって、いっとき歩くと、道沿いに稲荷《いなり》がありやしてね。稲荷の脇に、右手に入《へえ》る道がありやす。その道を行くと、右手に仕舞屋があって、そこが賭場になってるんでさァ」

「貸元《かしもと》は、源蔵なのか」

菊太郎が、声を抑えたまま訊いた。

「そうでさァ」

親爺が小声でこたえた。

「源蔵は、賭場の貸元もしていたのか」

菊太郎は、源蔵がふだん吉乃屋の裏手の離れにいる理由が分かった。吉乃屋の女将が情婦ということもあるだろうが、貸元として賭場に顔を出すために、賭場が近いところを塒にしているのだ。

ただ、菊太郎たちが、源蔵について聞き込みを始めてから、賭場の話はまったく出てこなかったので、賭場のことが表に出ないようよほど気をつけているにちがいない。

「手間を取らせたな」

菊太郎は親爺に声をかけ、搗米屋の前から離れた。

七

菊太郎は、搗米屋の前の道を、汐見橋とは反対方向にさらに歩いていった。

しばらく歩くと、前方の道沿いに稲荷があった。ちいさな稲荷で、もし話を聞いていなければ、稲荷の祠《ほこら》の近くまで行かないと気付かないだろう。

その稲荷の手前に、右手に入る小径があった。

菊太郎は小径の前で足をとめた。仕舞屋があった。小径は、仕舞屋の戸口につづいている。

……あれが、賭場か！

菊太郎は、胸の内で声を上げた。

仕舞屋はひっそりしていた。いまは誰もいないらしく、物音も話し声も聞こえてこない。もっとも、まだ昼頃だから、賭場をひらくには早いのだろう。

……この近所で聞き込みを続けてみるか。

菊太郎は近所の者に賭場について訊いてみることにした。

近所には、八百屋や下駄屋など暮らしに必要なものを売る店があるにはあったが、ほかの仕舞屋や空地なども目についた。人家のすくない寂しい通りである。

通りで子供が遊んでいたが、大人たちの姿はなかった。男たちは働きに出、女たちはそれぞれの家で過ごしているか、掃除でもしているのだろう。

菊太郎は小径の前を通り過ぎ、すこし進んでから、道沿いにあった八百屋に目をとめた。間口の狭い、ちいさな店だった。店の親爺らしい男が、店先の台に並べた青菜を手にして品定めをしている。

菊太郎は店先に近付き、

「ちと、いいか」

と、親爺の背後から声をかけた。

親爺は振り返ると、驚いたような顔をし、

「あっしですかい」

と、青菜を手にしたまま言った。

「訊きたいことがある」

菊太郎が言った。

「なんです」

「そこの小径の先に、家があるな」

菊太郎は、賭場となっているらしい仕舞屋を指差して言った。

「ありやすが……」

親爺は顔に警戒の色を浮かべて、仕舞屋に目をやった。

「大きな声では言えないのだが、あの家で楽しめると聞いてきたのだがな」

そう言って、菊太郎は壺《つぼ》を振る真似《まね》をして見せた。

「博奕《ばくち》ですかい」

親爺が、小声で言った。

「まァ、そうだ」

「まだ、あの家には、若い衆が二、三人来てるだけのはずですぜ」

「すこし、早いか」

菊太郎は、がっかりしたように言った。まだ博奕は始まらないとみてはいたが、親爺からさらに話を聞くために、落胆したような振りをしたのだ。

「あと、半刻もすれば、賭場を開く支度をするために、若い衆がさらに何人か来ますよ」

親爺が言った。

「壺振りや貸元は、いつ来るのだ」

菊太郎が訊いた。

「陽《ひ》が西の空にまわったころ来やす」

親爺が話したことによると、貸元、代貸《だいがし》、壺振りなどは、賭場をひらくころに顔を見せるという。

ただ、貸元は博奕が始まると客たちに挨拶《あいさつ》をし、別の座敷でいっとき博奕の様子を見てから、後を代貸にまかせて賭場を出るそうだ。

「貸元はちかごろじゃあ、姿を見せないこともあるようですよ」

親爺が、声をひそめて言い添えた。

「そうか。……貸元はともかく、おれもここで博奕をやってみるかな」

親爺に礼を言うと、菊太郎はその場を離れた。

菊太郎は物陰に身を隠して、源蔵や子分たちが来るのを待とうかと思ったが、来た道を引き返した。源蔵たちが姿を見せても、ひとりでは手が出せない。

菊太郎が、吉乃屋の近くの椿の樹陰にもどると、隼人と利助の姿があった。ふたりは、菊太郎がもどるのを待っていたらしい。

「すみません、遅れました」

菊太郎はそう謝った後、

「ですが、源蔵のことが、だいぶ知れました」

と、隼人と利助に目をやって言った。

「おれたちは、これといったことは摑めなかったが、源蔵が武士と一緒に緑橋を渡って、奥州街道を西にむかうのを見たという者がいたよ」

隼人はそう言った後、菊太郎に、「話してくれ」と声をかけた。

「源蔵は仕舞屋で賭場をひらいていました。貸元として、賭場へ行くようです」

菊太郎はそう言ってから、賭場の近くで店をひらいていた八百屋の親爺から聞いたことを話した。

「なに、賭場だと。だからあの料理屋を塒に使っているのか」

隼人は目を見開いた。

「賭場へ行き来するときを狙って、源蔵を押さえることができるかもしれんな」

隼人が言うと、利助がうなずいた。

次に口を開く者がなく、その場が静まると、

「いずれにしろ、今日は帰ろう。下手に気付かれて、やつらに逃げられても、困るからな。……源蔵が賭場へ行き来するときを狙うのは、明日からだ」

隼人が、菊太郎と利助に言い聞かせるようにうなずいた。

# 第三章　二人の武士

## 一

　菊太郎は手の甲で、額の汗を拭い、

「そろそろ賭場《とば》へ向かいましょう」

と、隼人に声をかけた。

　菊太郎と隼人は、組屋敷の庭にいた。朝餉《あさげ》を終えた後、庭に出て木刀の素振りを始めたのだ。剣術の稽古というより、体をほぐすためである。

　ふたりは、これから浜町堀にかかる汐見橋のたもと近くに行って、吉乃屋を探った後、賭場にも行ってみるつもりだった。

　そして、折あれば、源蔵とふたりの武士、小松と長峰を捕らえるのだ。捕らえるのが無理なら、討ち取ることになるだろう。

　この日、汐見橋にむかうのは、隼人と菊太郎、それに昨日、八丁堀に帰ってから、顔を合わせた天野である。天野は、まだ来ていない。

昨日菊太郎が、天野にこれまでの経緯を話すと、

「おれも、一緒に行く」

と言って、天野も同行することになったのだ。

菊太郎は、町奉行所の与力《よりき》に話して、大勢の捕方を差しむける訳にはいかないと考えていた。与力に話し、捕方をむけるまでには日数がかかる。その間に町方の動きが源蔵たちの耳に入り、実際に捕方が吉乃屋なり賭場なりにむかうときは、源蔵や子分たちは、姿を消してしまっているかもしれない。

菊太郎と隼人は縁先から座敷に上がり、おたえが用意しておいてくれた小袖に着替え、羽織に腕をとおした。いつものように袴《はかま》は穿《は》かなかったが、八丁堀同心と知れないように、羽織の裾を帯に挟む巻羽織《まきばおり》と呼ばれる格好はしなかった。

菊太郎と隼人が着替えを終えたところに、おたえが顔を出し、

「天野さまが、お見えですよ」

と、菊太郎と隼人に伝えた。

「すぐに行く」

隼人が言い、大刀を手にして座敷を出た。

菊太郎も隼人につづいて座敷を出て、戸口にむかった。

戸口では、天野と岡っ引きの政次郎が待っていた。天野も八丁堀ふうの格好ではなかった。菊太郎たちと同様、小袖に羽織姿である。

「出掛けるか」

隼人が天野に声をかけると、天野は無言でうなずいた。

菊太郎たち四人は組屋敷を出ると、八丁堀から日本橋に出て、日本橋川にかかる江戸橋を渡った。そして、入堀沿いの道を北にむかい、奥州街道に出た。

街道を東にむかい、入堀にかかる緑橋のたもとを経て汐見橋まで来ると、利助と八吉が待っていた。あらかじめふたりには、ここで待つようにと話しておいたのだ。

「とりあえず、吉乃屋まで行ってみよう」

菊太郎が言い、先にたった。隼人や天野たちは大人数で歩いて目立たないように、すこし間をとって歩いてくる。

菊太郎たちは、酒屋の脇の道に入った。そして、一町ほど歩いて、吉乃屋の近くまで来ると、路傍に足をとめた。

菊太郎たちは、吉乃屋に目をやった。店先に、暖簾《のれん》が出ている。店は、ひらいているようだ。

「どうする」

隼人が、菊太郎と天野に目をやって訊《き》いた。

「まだ、賭場へ行くには早いな。……どうです、まずは源蔵や子分たちに知れないように、店からすこし離れた場所で聞き込んでみますか」

菊太郎が言った。

「そうだな」

隼人が言うと、菊太郎は、一刻《いっとき》（二時間）ほど、近所で聞き込みにあたるよう皆に話した。その際、源蔵や子分たちに知れないよう、吉乃屋からすこし離れた場所に行くようにと言い添えた。

菊太郎はひとりになると、汐見橋とは反対方向に歩き、吉乃屋から二町ほど離れた場所にあった古着屋に目をとめた。

店内を覗《のぞ》くと、土間の天井に竹を横に渡し、その竹に沢山の古着が吊《つる》してあった。その売り物の古着を吊した広い土間の先に小座敷があり、年寄りがひとり、腰を下ろしていた。店の親爺《おやじ》らしい。

菊太郎は古着屋に入り、吊してある古着に触れないように身を低くして、小座敷に近付いた。

親爺は近付いてくる菊太郎の足音に気付いたらしく、首を伸ばして店内に目をやり、

「いらっしゃい」

と、嗄《しゃが》れ声で言った。

菊太郎は、

「手間をとらせてすまぬが、ちと、訊きたいことがあってな」

と、小声で言った。

親爺の顔から愛想笑いが消え、

「何です」

と、素っ気なく言った。客ではないと分かったようだ。

「大きな声で言えないが、おれは、これが好きでな」

菊太郎は壺《つぼ》を振る真似《まね》をした。

「博奕《ばくち》ですかい」

親爺は、口許《くちもと》に薄笑いを浮かべた。菊太郎が口にしたことを信じたらしい。

「この辺りに、遊べるところがあると聞いてきたのだ」

菊太郎が、声をひそめて言った。

「ありやすが」

親爺もつられたのか声をひそめた。

「今でも、賭場はひらいているのか」

「そう聞いてやす」

「貸元《かしもと》は源蔵という男と聞いているが、源蔵は賭場にいて睨《にら》みを利かせているのか。おれは、貸元が睨みを利かせている賭場は、嫌いでな。……代貸《だいがし》も壺振りも、親分に気をつかって勝負するので、おもしろくない」

菊太郎は、昨日と同じように適当なことを口にした。

「いえ、源蔵親分は、賭場に出入りしてやすが、口出しするようなことはないと聞きやしたぜ」

親爺が言った。

「口出ししないのか。だが、賭場には源蔵も来るのではないのか」

菊太郎が、念を押すように訊いた。

「そうですがね。今は、代貸たちに任せることが多いようでさァ。……それに、源蔵親分は別のことで、金儲《かねもう》けしているって話ですぜ」

親爺が声をひそめて言った。

「何だ、別のこととは」

菊太郎は、親爺に身を寄せて訊いた。

親爺は、話していいかどうか迷っているようだったが、

「賭場より金になることでさァ」

と、小声で言った。

そのとき、菊太郎は、盗賊ではあるまいか、という考えが頭をよぎったが、親爺に話させるために、

「賭場より儲かることなどないだろう」

と、薄笑いを浮かべた。

「旦那、ありやすよ。大金が、ごっそり手に入《へえ》ることが」

親爺が身を乗り出して言った。

「そんな商売が、あるはずない」

菊太郎が、首を横に振った。

「商売じゃァねえ」

親爺はそう言った後、「大金を持っている商売人から、ごっそり頂くんでさァ」と小声で言った。

菊太郎は、胸の内で「やはり盗賊だったか」と思ったが、

「そんな商売は、あるまい」

と、わざと口にした。

「盗人《ぬすっと》でさァ」

親爺が、苛立《いらだ》ったような顔をして言った。

「なに、盗人だと」

菊太郎は、驚いたような顔をして見せた。

「そうでさァ。子分たちのなかには、二本差しもいやしてね。大店《おおだな》に入《へえ》って大金を狙うようですぜ。……噂《うわさ》を耳にしただけではっきりしねえが、町方も、源蔵親分には手が出せないそうでさァ」

親爺が、菊太郎を見ながら言った。

菊太郎は胸の内で、「そんなことはない。こうして、おれたちが、源蔵を探っているではないか」とつぶやいたが、

「町方も、だらしないな」

と、苦笑いを浮かべておいた。

それから、菊太郎は、それとなくふたりの武士のことを訊いたが、

「親分の用心棒って話でさァ」

と、親爺は言っただけだった。くわしいことは、知らないらしい。

「賭場へ行くのは、後にするか」

菊太郎はそう言い残し、古着屋を出た。これ以上、親爺から聞けることはないと考えたのだ。

二

菊太郎が吉乃屋の近くにもどると、路傍で枝葉を繁《しげ》らせている椿《つばき》の陰で、隼人と天野、それに手先の利助たち三人が待っていた。

「待たせてしまったようだ」

菊太郎は、隼人たちに頭を下げた。

「いや、おれたちも、ここにもどったばかりだよ」

天野が、口許に笑みを浮かべて言った。

「菊太郎、それで何か知れたか」

隼人が、菊太郎に訊いた。

「やはり、源蔵は、貸元として賭場に出入りしているようです」

菊太郎が言うと、

「あっしも、賭場のことを聞きやした」

利助が、身を乗り出して言った。

すると、隼人が、「おれも源蔵の賭場のことは、耳にしたぞ」と言った。

「ほかに何か聞いたか」

と隼人が菊太郎に訊《たず》ねた。

「はい。源蔵はこのごろ賭場のことは手下に任せて、別のことで荒稼ぎしているようです」

「なに！」

「強盗です。やはり、両替屋の富蔵殺しや松崎屋の押し込みは、源蔵たちがやったとみていいかと」

菊太郎は一気に話した。

「それでは、賭場に源蔵がいないこともあるのか」

天野が、脇から口を挟んだ。

「そういう日もあるかもしれません。ですが、賭場には一応やってきて、後を手下にまかせるそうです」

と菊太郎は言った。

「では計画通り、賭場への行き帰りを狙えば、源蔵を押さえられるな」

天野が言うと、

「そのつもりで、ここに、六人もで来ているのだ」

隼人が、その場にいた男たちに、

「源蔵たちの賭場への行き帰りを狙って、捕らえよう」

と、語気を強くして言った。

菊太郎たち五人が、うなずいた。男たちの顔が紅潮し、双眸《そうぼう》がひかっている。五人とも、賭場への行き帰りのどちらかで襲い、源蔵たちを捕縛する気でいるようだ。

「父上、源蔵の賭場の周りは空地になっています。ここよりも賭場の近くのほうが、源蔵を捕らえやすいかもしれません」

と菊太郎が説明すると、

「それなら菊太郎、賭場へ案内してくれ。源蔵たちを捕らえるのに、いい場所を探しておこう」

隼人が言った。

「この道の先です」

菊太郎が先にたった。

隼人たち五人は、通りかかった者に不審の目をむけられないように間をとり、通行人を装って菊太郎の後についていった。

一行は、吉乃屋のある通りを汐見橋とは反対方向にむかって歩いた。そして、菊太郎は搗米屋《つきごめや》の前を通り過ぎ、道沿いにある稲荷《いなり》の前まで来て足をとめると、

「この道の先に、賭場がある」

と言って、稲荷の手前にある小径《こみち》を指差した。

「あの家が、賭場として使われているようです」

菊太郎が言い添えた。通りから家が見える。外から見た感じでは、あの家が賭場になっているとは、誰も思わないだろう。

「家の戸口に、誰かいやす」

菊太郎のそばにいた利助が、身を乗り出して言った。

賭場になっている家の戸口に遊び人ふうの男が、ふたり立っていた。源蔵の子分であろう。

「あのふたり、賭場の下足番らしいな。賭場をひらく前に来て、準備をしているのではないか」

隼人が言った。

「あの家が、賭場か」

天野が、仕舞屋《しもたや》を見つめて言った。

「どうします」

菊太郎が、隼人に目をやって訊いた。すると、その場にいた男たちの目も、隼人に集まった。

「おれたちは、六人だ。この辺りに身を隠して、源蔵たちが来たら捕らえよう」

隼人が言うと、その場にいた菊太郎たち五人がうなずいた。全員、やる気になっている。

「いい場所は、ないかな」

そう言って、隼人は辺りに目をやった。身を隠せる場所を探し、そこで源蔵たちが来るのを待つのだ。

「そこの欅《けやき》の木の陰は、どうです」

天野が、道沿いで枝葉を繁らせている欅を指差して言った。

「あの欅の陰か、いいな」

隼人が言い、その場にいた六人は、欅の木の陰にまわった。木陰は、六人もで身を隠すのには狭かった。

「あっしらは、後ろの笹藪《ささやぶ》のなかにいやす」

八吉がそう言い、利助と政次郎を欅の木の後ろの雑草のなかに連れていった。

身を隠すには、草の丈が低かった。八吉たち三人は草藪のなかで屈《かが》んだが、頭部が見える。ただ、通りからなら、足をとめて覗かなければ、人の頭部とは思わないだろう。

半刻（一時間）ほどすると、遊び人や職人ふうの男などが、ひとり、ふたりと通りかかった。賭場に来た客らしい。男たちは、通りから仕舞屋に足をむけた。そして、下足番らしい男に迎えられ、戸口から入っていった。

「そろそろ、貸元の源蔵たちが、姿を見せてもいいころだな」

隼人が言った。

そのとき、通りの先に目をやっていた天野が、

「来た！」

と、昂《たかぶ》った声で言った。

見ると、通りの先に何人もの男の姿が見えた。遠方ではっきりしないが、七、八人もいるようだ。

「源蔵たちだ！　武士もいる」

菊太郎が言った。七、八人いる男たちのなかに、袴姿で刀を差している武士がいるのを目にしたのだ。

「ふたりいる。長峰と小松ではないか」

隼人が言った。武士体《てい》の男がふたりいるのが、分かったのだ。

「あんなにいるのか」

天野が戸惑うような顔をした。

「思ったより大勢だ。これでは下手《へた》に手は出せん」

隼人の顔にも、戸惑いの色があった。相手は七、八人。そのなかには、長峰と小松と思われる武士がふたりいるのだ。

この場に身を隠している味方は、六人だった。これでは七、八人を捕縛するのは難しい。

源蔵たちの一行は、次第に近付いてきた。

「ど、どうする」

天野が、声をつまらせて訊いた。

「だめだ。こんなに守りがかたいとは……」

菊太郎が、肩を落として言った。その場にいた隼人たちも、残念そうな顔をして源蔵たちを見つめている。

源蔵たち一行は何やら話しながら、菊太郎たちの前を通り過ぎていく。

三

源蔵たちが遠ざかると、

「六人で来て、手が出せねえなんて」

それまで黙っていた八吉が、悔しそうな顔をして言った。

次に口を開く者がなく、その場が重苦しい沈黙につつまれたとき、

「……親分の源蔵は、賭場に来た客たちに挨拶《あいさつ》して、先に帰るはずだ。壺振りや代貸は賭場に残るし、帰りは人数が少しは減るかもしれない」

菊太郎が言った。

「そうだな。源蔵たちが、帰るのを待とう。長峰と小松が賭場に残ることもないとは限らん。源蔵を捕らえることもできるかもしれん」

隼人が、その場にいた男たちに目をやって言った。

菊太郎をはじめ、男たちがうなずいた。

それから、一刻ほど経《た》ったろうか。辺りは薄暗くなり、賭場へむかう者はいなくな

った。通りを行き来する人の姿もなくなり、辺りは静寂につつまれた。賭場になっている仕舞屋から、ときどき男たちの話し声やどよめきなどが聞こえてきた。博奕は、つづいているらしい。

仕舞屋の方に目をやっていた利助が、

「賭場の客らしい男が、出てきやすぜ！」

と身を乗り出して言い、通りの先を指差した。

見ると、職人ふうの男がふたり、博奕に負け金がつづかなくなったのだろうか、そろって足取りが重く、肩を落としていた。

ふたりが、菊太郎たちが身を隠している場を通り過ぎると、

「あっしが、ふたりに訊いてきやす」

八吉がそう言って、ひとりで草藪から出た。

八吉は、足早にふたりの男を追った。そして、ふたりの男に近付くと、声をかけ、何やら話しながら一緒に歩きだした。

八吉は男たちと一緒に半町ほど歩くと、路傍に足をとめた。そして、ふたりの男が離れると、踵《きびす》を返し、足早に菊太郎たちの許にもどってきた。

「何か、知れたか」

すぐに、菊太郎が訊いた。

「し、知れやした。……あの二人は、小松と長峰の名は知らなかったんですがね。武士のひとりが、博奕に加わったそうでさァ」

八吉の息はあがっていた。歳《とし》のせいである。

「すると、そのひとりは、賭場に残るかもしれんな」

菊太郎が身を乗り出して言った。

源蔵は賭場に長くとどまらないと聞いていた。博奕が始まり、いっときすると、賭場の客たちに挨拶をし、後を代貸や壺振りなどに任せて先に帰るのだ。当然、用心棒の小松と長峰は、親分と一緒に帰るはずだが、博奕を始めたとなると、別である。小松か長峰か、どちらかは賭場に残る可能性が高い。

「帰りを狙えば、源蔵を捕らえられるかもしれん！」

黙って聞いていた天野が、声高《こわだか》に言った。天野も、小松と長峰のどちらかが、賭場に残れば機会はあるとみたらしい。

「よし、源蔵が出て来るのを待ってみよう。子分たちが何人か一緒だろうが、長峰と小松のどちらかがいなければ、源蔵を捕らえる機はある」

隼人が言うと、その場にいた男たちが、うなずいた。

それから半刻ほど経ったろうか。辺りの夕闇が濃くなってきた。

「来た！　源蔵たちが」

利助が、身を乗り出して言った。

通りの先を見ると、夕闇のなかに男たちの姿が見えた。何人もいる。提灯《ちょうちん》を手にしている者がふたりいた。

「少しは減ったが、まだ人数は多いぞ」

隼人が言った。

夕闇のために、はっきり見えないが、五、六人はいるようだ。

「おれたちと、変わらない人数だぞ」

天野が、身を乗り出して言った。

「結局今日は、手が出せないのか」

利助が肩を落として言った。

「分からんぞ。源蔵たちは行ったときと、同じ顔触れではないかもしれん。壺振りや代貸は残るからな」

隼人が、姿を見せた男たちを見つめて言った。

「小松と長峰がいなければ、人数は同じでも恐れることはない」

菊太郎が、語気を強くして言った。

「そうだ、ここにいる六人で、源蔵たちを押さえられる」

隼人はそう言った後、

「ただ、無理はするなよ。武士ではなくても、源蔵の子分たちは、脇差《わきざし》を持っていたぞ」

と、男たちに目をやって言い添えた。

そんなやり取りをしているうちに、源蔵たちの一行が次第に近付いてきた。夕闇のなかを、提灯の灯が揺れながらやってくる。

「おい、武士はひとりだぞ！」

隼人が、身を乗り出して言った。

提灯の灯で闇に浮かび上がった男たちのなかに、武士体《てい》の男はひとりのようだ。腰に大刀を差していたので、武士と知れたのである。

源蔵たちの一行がさらに近付いて、話し声や足音がはっきりと聞こえるようになった。話し声のなかに、「長峰の旦那」と呼ぶ声が聞こえた。ひとりいる武士は、長峰らしい。

「おれと菊太郎、それに、利助と八吉は源蔵たちの前に出る。天野は政次郎とふたりで、背後にまわってくれ」

隼人が言った。前後から挟み撃ちにする気なのだ。

「承知した」

天野がいつになく険しい顔をして言った。

## 四

源蔵たちが、いよいよ近付いてきた。やはり、小松はいないようだ。子分は四人で、総勢六人である。

源蔵は話に夢中で、樹陰にいる菊太郎らには、気付いていないようだ。

一行がもっとも近くまで来たとき、隼人が、「いまだ!」とそばにいた菊太郎に声をかけた。

その声で、樹陰から男たちが一斉に通りに走り出た。

菊太郎、隼人、利助、八吉の四人は、源蔵たちの前に出た。一方、天野と政次郎が、道の脇を通って後ろにまわり込んだ。逃げ道を塞いだのである。

源蔵たちは、いきなり暗闇から飛び出した菊太郎らに驚き、体を硬直させて、その場に突っ立った。

菊太郎と隼人は、腰の刀を抜いた。そして、刀身を峰に返した。斬り殺すつもりはなく、峰打ちで仕留めるつもりだった。

「町方だ！」

子分のひとりが叫んだ。

武士とふたりの子分が、源蔵の前にまわり込んだ。源蔵を守るつもりらしい。

「長峰だな、そこをどけ！」

隼人が、長峰の前に立って声を上げた。

隼人は手にした切っ先を長峰にむけて、青眼《せいがん》に構えた。腰の据わった隙のない構えである。

「町方か。いつの間にここを突き止めた」

そう言って、長峰は抜刀すると、隼人と同じ青眼に構えた。隙のない構えだが、切っ先がかすかに震えている。気が昂り、両腕に力が入り過ぎているのだ。

ふたりの間合は、およそ二間。真剣勝負の間合としては、近い。辺りが暗いため、どうしても間合が近くなるのだ。

源蔵の脇には、子分と思われる遊び人ふうの男がふたり立っていた。ふたりとも、長脇差を手にし、切っ先を隼人にむけていた。だがふたりの手にした長脇差は、夜陰のなかでも大きく震えているのがわかった。

このとき、菊太郎は遊び人ふうの男と対峙《たいじ》していた。三十がらみと思われる大柄な男である。兄貴格らしく、脇にいた匕首《あいくち》を手にした男に、

「六郎、こいつの後ろにまわれ！」

と、指示した。すると、六郎と呼ばれた男は匕首を手にし、菊太郎の背後にまわり込んだ。そして、腰を屈め、手にした匕首を前に突き出すように構えた。六郎の双眸が、夜陰のなかで青白くひかっている。獲物を前にした野犬のようだ。

……先に、大柄の男を仕留める！

菊太郎は、胸の内で声を上げると、青眼に構えたまま一歩踏み込んだ。

大柄な男は、一歩身を引いた。そのとき、腰が浮き、菊太郎にむけられていた匕首の切っ先が、わずかに上をむいた。

この一瞬の隙を菊太郎がとらえた。

タアッ！

鋭い気合を発し、一歩踏み込みながら斬り込んだ。

青眼から袈裟《けさ》へ——。

青白い閃光《せんこう》が夜陰を切り裂いた次の瞬間、鈍い骨音がし、大柄な男の右腕が垂れ下

がった。

ギャッ！　と悲鳴を上げ、男は後ろによろめいた。男の右の腕の切り口から、血が流れ出ている。男はさらに身を引くと、右腕をダラリと垂らしたまま反転し、ゆらゆらと走りだした。逃げたのである。

これを見た六郎は菊太郎の背後にいたが、慌てて身を引いた。顔から血の気が引いている。

菊太郎は反転し、六郎に切っ先をむけると、

「いくぞ！」

と声をかけ、一歩踏み込んだ。

ヒイイッ！　と、六郎は喉を裂くような悲鳴を上げて後退《あとずさ》った。そして、菊太郎との間合があくと、匕首を手にしたまま踵を返して走りだした。

菊太郎は、逃げる六郎は追わず、隼人たちに目をやった。

このとき、隼人は長峰と対峙していた。すでに、長峰の右袖が裂け、あらわになった二の腕が血に染まっていた。隼人に斬られたようだ。ただ、それほどの深手ではない。右腕は、まだ自在に動くらしい。

その長峰の背後には、源蔵がいた。源蔵は、武器を手にしていなかった。源蔵は親

分として、自ら斬り合いに加わることは少ないのだろう。

長峰は青眼に構え、切っ先を隼人にむけていた。腕はたつようだ。腰の据わった構えだったが、右腕を斬られたために、体が固くなっている。それでは自在に刀を振ることができないだろう。

「親分、逃げてくれ！」

長峰が叫んだ。源蔵を守りきれない、と思ったようだ。

長峰の声で、源蔵は後じさった。そして、隼人との間があくと、反転して走りだした。逃げ出したのである。

これを見た源蔵の子分のひとりが、源蔵の後を追って走った。一緒に逃げるつもりらしい。

……源蔵に、逃げられる！

と、隼人は胸の内で叫び、対峙していた長峰にむかって斬り込んだ。

踏み込みざま袈裟へ――。

素早い斬撃《ざんげき》だった。

咄嗟《とつさ》に身を引いた長峰の動きも速かった。

またも、傷は浅かったようだ。とはいえ、ふたつめの傷である。長峰の動きはさらに鈍くなった。傷が痛むのだろう。長峰は、逃げずにその場に残っていた源蔵の子分に目配せした。

すると、その子分が「うわーっ」と奇声を発して匕首を振り回しながら、隼人の方にむかってきた。

それで隼人が一瞬引いた隙に、長峰は踵を返し、あろうことか逃げ出したのだ。長峰ともうひとりの子分は、源蔵たちの逃げていったほうへと走りだした。

隼人は、長峰と子分を追った。だが、長峰たちの逃げ足は速かった。隼人はしばらく走ったところで、追うのは無理だと判断したのだ。

源蔵の姿は、すでに消えていた。勝負から逃げ出した長峰の姿も、夜陰のなかに遠ざかっていく。

隼人は路傍に足をとめ、長峰を目で追っていたが、その後ろ姿は闇に呑《の》まれるように消えていった。

隼人のそばに、菊太郎や天野が走り寄った。利助たちの姿もある。味方はみんな無事のようだ。

「源蔵や長峰に逃げられたよ。足が相当速い」

隼人が、菊太郎たちに目をやり、「すまん」と言ってため息をついた。

「くそ、逃げ足の速いやつらだ!」

菊太郎が、闇のむこうに目をやって言った。

「今日は、このまま引き上げよう」

隼人が、闇につつまれた通りに目をやって言った。

## 五

菊太郎と隼人は、朝餉の後、組屋敷の縁側に面した座敷で着替えていた。賭場に出掛け、源蔵たちを襲った翌朝である。ふたりは、これからまた吉乃屋まで行くつもりだった。

昨夜、賭場の帰りに、菊太郎たちの手から逃れた源蔵が、吉乃屋に身を潜めているかもしれないからだ。

菊太郎は、源蔵たちが逃げた後、吉乃屋に立ち寄ってみようかと思ったのだが、帰りの途中で目にした吉乃屋は、表戸を閉めて、深い夜陰につつまれていた。入ったこともない闇に閉ざされた料理屋に踏み込むのは危険だと思い、翌日、出直すことにしたのである。

菊太郎と隼人はおたえに見送られ、戸口近くまで来た。

「ふたりとも、危ないことはしないで」

おたえは心配そうな顔をして、菊太郎と隼人に目をやって言った。

昨夜、遅くなって帰った菊太郎と隼人の小袖に、血の色があった。それを見ている
おたえは、今日も出掛けるふたりが、心配でならないのだ。

「おたえ、心配するな。今日は様子を見に行くだけだ」

隼人が言うと、

「母上、今日は明るいうちに帰ってきますよ」

菊太郎が、笑みを浮かべて言った。

「わたし、夕餉の支度して待ってますからね」

おたえが、男ふたりに目をやって言った。

菊太郎と隼人は、おたえに見送られて組屋敷を出た。そして、八丁堀の通りを抜け、
日本橋川にかかる江戸橋まで来た。

橋のたもとに、天野と岡っ引きの政次郎、それに利助と綾次の姿があった。八吉の
姿はない。八吉は老齢なので、連日の遠出で体にこたえたのだろう。それで、綾次に
声をかけたにちがいない。

「出掛けるか」

隼人が、橋のたもとで待っていた天野たちに声をかけた。

菊太郎たちは江戸橋から入堀沿いの通りに出て、奥州街道を東にむかった。そして、入堀沿いの道を南にむかい、汐見橋のたもとから、吉乃屋のある通りに入った。

前方に吉乃屋が見えてくると、菊太郎たちは路傍に足をとめた。

「あっしが、様子を見てきやす」

利助が言い、ひとりで吉乃屋にむかった。

菊太郎たちが路傍で待っていると、利助はすぐにもどってきた。

「どうだ、吉乃屋の様子は」

隼人が訊いた。

「店は、閉まってやす」

利助によると、吉乃屋の戸口の格子戸は閉まったままで、店のなかはひっそりして話し声も物音も聞こえなかったという。

「女将《おかみ》や店の板前などは、いないのか」

天野が訊いた。

「いねえようで」

利助が小声で言った。

「裏手の離れは、どうかな」

菊太郎が言った。裏手の離れは、源蔵の住家といってもよさそうだ。近所で聞き込んだことによれば、源蔵はその住家から賭場にも行き来していたという。

「行ってみますか」

黙って聞いていた綾次が、口を挟んだ。

「そうしよう」

菊太郎が言い、その場にいた男たちは、吉乃屋の脇の小径にむかった。その足が、ふいにとまった。

小径から男が、ひとり出てきたのだ。遊び人ふうである。男は表通りに出ると、汐見橋のある方に足をむけた。

「あの男を押さえよう」

菊太郎が言った。

「あっしが、やつの前にまわり込みやす」

利助がそう言い残し、小走りに男の後を追った。

菊太郎たちも足を速め、男に近付いていく。

利助は、道端を通って男の前に出た。そして、半町ほど前に出てから足をとめ、反転して男の方に近付いてきた。

男は利助に気付いたはずだが、歩調も変えずに歩いてくる。相手が若い男ひとりなので、自分を襲うなどとは思わなかったのだろう。

利助は男と五、六間ほどの距離に迫ったとき、男の行く手を阻むように道の中程で足をとめた。

男は足をとめ、

「おれに何か用かい」

と、利助を睨むように見据えた。

「おめえさんに用があるのは、おれじゃァねえ。後ろの方たちよ」

利助が、薄笑いを浮かべて言った。

「なに！」

男が振り返った。

そのとき、菊太郎たちと男の間は、二十間ほどだった。菊太郎たちは、男が背後を振り返ったのを見ると、走りだした。

男は菊太郎たちから逃げようと、ふたたび利助の方に顔をむけた。

「逃がさねえよ」

利助は、男の前に立ち塞がった。

男は利助を前に、懐から匕首を取り出し、

「そこをどかねえと、こいつで刺し殺すぞ」

と、脅した。そして、利助の脇を通って逃げようとした。

そこへ菊太郎が、男に走り寄った。そして刀を抜きざま、

「動けば、斬るぞ！」

と言って、切っ先を男の背にむけた。

男は動けなかった。強張《こわば》った顔で、その場につっ立っている。

「いっしょに、来い」

菊太郎が、声をかけた。

隼人と天野も近付き、男を取り囲むように立った。菊太郎たちは、捕らえた男を昨日身を隠した椿の陰に連れていった。

## 六

「おまえの名は」

菊太郎が訊いた。

隼人たちは、菊太郎と男を取り囲むように立ち、樹陰でひと休みしているような振りをして通りに目をやっていた。通行人に、不審を抱かせないようにそうしたのである。

男は戸惑うような顔をして口を閉じていたが、

「弥三郎《やさぶろう》でさァ」

と、小声で名乗った。

「弥三郎、さきほど吉乃屋の裏手から出て来たな」

菊太郎が言った。

弥三郎は、いっとき口を閉じていたが、

「へい」

と、首を竦《すく》めて言った。これだけの人数に囲まれて、隠しても仕方がないと思ったのだろう。

「裏手の離れに、用があって行ったのか」

「用があったわけじゃァねえが、吉乃屋が閉まってたんで、店は開かないのか、離れに行って訊いてみようと思ったんでさァ」

「それで、話は聞けたのか」

「それが、離れにも、下働きの爺《じい》さんがいただけなんで」

　弥三郎は、首を傾《かし》げた。とぼけているわけでもないらしい。

「弥三郎、店のことを誰に訊こうとしていたんだ」

「…………」

　恐怖のためか、男の体が小さく震えている。

「黙ってちゃあ分からん。誰に訊くつもりだった」

「お、女将でさぁ……」

「吉乃屋の女将は、源蔵の情婦《いろ》だな」

「その通りで」

「だが留守だったんだな」

「はい」

　菊太郎は、さらに訊いた。

「源蔵は女将と出掛けたのか」

「さぁ、爺さんはただ、ここにはいま自分しかいないと答えただけでした」

「源蔵や子分たちも、いなかったのか」

　菊太郎が念を押すように訊いた。

「いねえんでさァ」

「源蔵や子分たちは、どこへ行ったのだ」

隼人も男の方にむき直り、訊いた。

菊太郎も、弥三郎に目をやっている。

「分からねえ。あっしも、親分たちはどこに行ったか知りたくて、下働きの爺さんに訊いてみたんでさァ。……爺さんは、今朝のうちに、源蔵親分は子分たちと、離れを出たと話しやした」

「下働きの男も、源蔵や子分たちの行き先を知らなかったのか」

「知らねえんで……。ただ、姐《ねえ》さんたちも一緒なんで、別の住家じゃァねえかって話でさァ」

「姐さんとは、吉乃屋の女将のことだな」

「へえ、そうでさァ」

弥三郎はうなずいた。

「源蔵には、別の住家があるのか」

隼人が念を押すように訊いた。

弥三郎はすぐに答えず、首を傾げていたが、

「隠れ家があると聞いたことはあるが、どこにあるかまでは知らねえ」

と、つぶやくような声で言った。

「いずれにしろ、おれたちの知らないところに、身を隠したということだな」

そう言って、隼人が口を閉じると、隼人の脇にいた天野が、

「弥三郎、親分たちの行き先を知っていそうな者に、心あたりはないのか」

と、弥三郎を見据えて訊いた。

「親分のそばにいることの多い子分なら、知っているはずだが……」

そう言って、弥三郎は首を捻《ひね》り、

「賭場に、誰か身を隠しているかもしれねえ」

と、天野に目をやって言った。

「賭場か！」

天野の声が、大きくなった。

すると、天野のそばにいた菊太郎が、

「それはあるかもしれません。長い間でなければ、賭場になっている家で暮らせるし、姿を見られても、不審を抱く者はいませんから」

と、語気を強くして言った。

「どうする」

天野が隼人に訊いた。

「ともかく、賭場へ行ってみよう。親分の源蔵はいなくても、子分たちは潜んでいるかもしれない。いれば、源蔵のことも訊けるからな」

隼人が、菊太郎と男たちに目をやって言った。

すると、弥三郎が上目遣いに隼人たちを見て、

「あっしを、帰《けえ》してくだせえ。あっしの知っていることは、みんな話しやした」

と、首をすくめて言った。

「おまえも賭場まで一緒に来い。嫌なら、ここで首を落とすぞ」

隼人がそう言って、刀の柄《つか》に手を添えると、

「行きやす！　賭場まで、ついていきやす」

弥三郎が、声を震わせて言った。

菊太郎たちは、すぐに賭場にむかった。昨日行ったばかりだったので、その道筋は分かっていた。

菊太郎が先頭にたち、足早に歩いた。通りかかった者に不審を抱かれないように、隼人たちはそれぞれすこし間をとってついていく。

菊太郎たちは、小さな稲荷の前まで来て足をとめた。右手に入る小径がある。

菊太郎が源蔵が賭場を開いていた仕舞屋を指差し、

「賭場には誰もいないようです」

と、男たちに目をやって言った。

「子分たちもいないようだ。賭場は開かないのかな」

天野が言った。賭場を開くなら、源蔵の子分が、何人か来ているはずである。

「ともかく、近くまで行ってみましょう」

菊太郎が言い、辺りに目をやりながら歩いた。

菊太郎の後に、隼人と天野、それに利助たちがつづいた。菊太郎たちは仕舞屋のすぐそばまで行って、足をとめた。

菊太郎たちは、仕舞屋の戸口をうかがった。板戸が閉まっている。家は静寂につつまれ、人声はむろんのこと物音ひとつ聞こえなかった。

「静かだな」

隼人が言った。

「当ては外れたんでしょうか」

天野が、隼人に訊いた。

その場にいた男たちの目が、天野と隼人に集まっている。

「仕方ない、近所で聞き込んでみるか」

隼人が、その場に集まっていた男たちに目をやって言った。

「手分けして聞き込みにあたれば、源蔵たちの居所がつかめるかもしれない」

天野が、気をとりなおすように言った。

菊太郎たちは、一刻ほどしたら、その場にもどることにして分かれた。

## 七

ひとりになった菊太郎は、賭場になっている家の戸口から離れ、小径の左右に目をやった。

菊太郎は小径に二軒つづいている仕舞屋を目にとめた。貸家であろうか。二軒とも、同じ造りだった。

手前の家の戸口近くに、腰のまがった老人がいて、ひと休みしているのか、煙管《キセル》で煙草《たばこ》を吹かしている。

菊太郎は、その老人に訊いてみようと思って近付いた。

老人は、そばに来た菊太郎を見て、不安そうな顔をした。いきなり見知らぬ武士が、近付いてきたからだろう。

「一服しているところをすまんが、ちと、訊きたいことがあってな。なに、たいしたことではないのだ」

菊太郎は、笑みを浮かべて言った。すると、老人の顔から不安そうな表情が消えた。菊太郎のことを悪い男ではないと思ったようだ。

「そこに、賭場があるのだが、知っているか」

菊太郎が、小声で訊いた。

「知ってやす」

老人も、声をひそめた。

「賭場は、今日は閉まっているようだ。……大きい声では言えないが、賭場で一勝負しようと思って来たのだが、これでは、勝負どころか賭場に入ることもできん」

隼人が、もっともらしく言った。

「しばらく、賭場はひらかないと聞きやした」

そう言って、老人は上目遣いに菊太郎を見た。話が、御法度《ごはっと》の博奕のことなので警戒しているらしい。

「なぜ、賭場をひらかないのだ」

菊太郎が、老人に訊いた。

「お上に目をつけられた、と聞きやしたが……」

老人が小声で言った。

「お上に目をつけられたのか。……すると、貸元の源蔵も、しばらくは姿を見せないな」

「そう聞いてやす」

「源蔵は、この辺りに家があると聞いたが、そこにいるのか」

菊太郎は、吉乃屋の裏手にある離れを念頭において言った。

「そんなこたァねえ。お上に目をつけられたっていうんだから、どこかに行ってるんじゃねえかな。だがいつもそうだが、何かあっても、ほとぼりが冷めたころには帰《けえ》ってきまさァ。……前にも、似たようなことがあったと、聞きやしたぜ」

老人が得意そうな顔をした。どうやら、こうした話が好きらしい。菊太郎のことをいい話し相手が来たと思ったのかもしれない。

「ところで、源蔵はどこに姿を隠しているか聞いていないか」

菊太郎が声をあらためて訊いた。

老人は、戸惑うような顔をしたが、

「知らねえ。源蔵親分が、どこに行ったかまでは聞いてねえ」

と、言って、首を横に振った。

「そうか。……邪魔したな」

菊太郎は、その場を離れた。これ以上、老人に訊くことはなかったのだ。

老人は路傍に立ったまま菊太郎の後ろ姿を見つめている。

この後も、菊太郎は道で出会った何人かに話を聞いてみたが、これといって新たなことはつかめなかった。

菊太郎が来た道を引き返し、賭場の前まで来ると、隼人と天野、それに政次郎の姿があった。利助と綾次は、まだもどっていない。

菊太郎が話そうとすると、

「利助と綾次が、もどって来てからにしよう。ふたりが来たら、同じことを話さねばならんからな」

隼人が言った。

菊太郎はうなずいた。いっときすると、通りの先に利助と綾次の姿が見えた。ふたりは、小走りに近付いてくる。

利助と綾次は、菊太郎たちのそばに来ると、

「ま、待たせちまって、申し訳ねえ」

利助が、声をつまらせて言った。ふたりは、肩で息をしている。

「おれから話す」

そう言って、菊太郎が老人から聞いたことをかいつまんで話した。

「おれも、源蔵が姿を消し、しばらく賭場はひらかないと聞いたぞ」

隼人が言った。

「おれは、これといった話は聞けなかった」

天野が肩を落として言った。

「利助たちは、何かつかんだか」

菊太郎が、利助と綾次に目をやって訊いた。

「賭場に、よく通っているという遊び人ふうの男から聞いたんですがね。賭場を閉め、源蔵と子分たちが姿を消したのは、町方の目を逃れるためだけじゃァねえ」

「なに！ 利助、話してくれ」

「その男によると、源蔵たちはなにか大きなことをやると言って、出て行ったそうなんでさァ」

利助が、男たちに目をやって言った。

「源蔵は何をやる気なんだ！」

天野が、語気を強くして言った。

「源蔵だけでなく、子分たちも姿を消したとなると、些細《ささい》なことではないな」

隼人の顔も、いつになく険しかった。

# 第四章　薬種店

## 一

「菊太郎、打ち込んでこい！」

隼人が、菊太郎に声をかけた。

ふたりがいるのは、八丁堀にある長月家の組屋敷の庭である。庭といっても狭いのだが、縁側の先に、剣術の稽古をするだけの場所はあった。そのかわり庭木や草花などは、板塀沿いにわずかに植えてあるだけである。それに、剣術の稽古といっても、ふたりが木刀をむけあって、真剣勝負さながらに打ち合うような稽古はしなかった。

「行きます！」

菊太郎が声を上げ、青眼《せいがん》に構えてから面に打ち込んだ。

咄嗟《とっさ》に隼人は右手に体を寄せ、青眼に構えていた木刀を振り上げた。素早い動きである。カッ、という音がひびき、菊太郎の木刀が跳ね上がった。菊太郎はそのまま前に踏み込み、隼人の脇から後ろにまわった。そして、青眼に構え、ふたたび木刀の先を隼人にむけた。

一方、隼人も体を菊太郎にむけ、青眼に構えた。

青眼と青眼――。ふたりが、木刀の先を相手にむけあった。

そのとき、庭に面した障子があき、おたえが縁側に姿を見せた。ひどく慌てているようだ。

「おまえさん、菊太郎。利助さんが来てますよ」

おたえが、ふたりに声をかけた。

隼人が木刀を下ろし、

「急ぎの用か」

と、おたえに訊《き》いた。

「ふたりに、急ぎ会いたいと言ってます」

おたえは、いつになく声が大きかった。

「縁側へまわるよう、話してくれ」

隼人が言った。

「分かりました」

おたえは、すぐに縁先から座敷にもどった。

隼人は木刀を下ろしたまま、

「菊太郎、何かあったようだぞ」

と、声をかけ、戸口の方に目をやった。

利助が姿を見せ、小走りに菊太郎たちに近付いてきた。

隼人は利助がそばに来るのを待ち、

「何かあったのか」

と、訊いた。菊太郎も、木刀を手にしたまま利助に目をやっている。

「ま、松沢屋《まつざわや》ってぇ薬種店《やくしゅだな》に、盗賊が入《へぇ》りやした」

利助が声をつまらせて言った。よほど急いで来たらしく、息が乱れている。

「そうか、それで」

隼人は、続きをうながした。隠居の身だし、近ごろは盗賊が商家に押し入ったからといって、驚いたりはしなくなった。慌てて駆け付ける必要もないのだ。

「そ、それが、賊のなかには、二本差しがふたりいやしてね。店の者が、ひとり斬り殺されたんでさァ」

「なに、二本差しがふたりだと！」

隼人の声が大きくなった。

そのとき、隼人と利助のやり取りを聞いていた菊太郎が、

「源蔵たちか！」

と、声高《こわだか》に言った。

「松沢屋は、どこにある」

隼人が身を乗り出して訊いた。

「本町三丁目《ほんちょう》でさァ」

利助が言った。

「すぐ行く。利助、表で待て」

隼人はそう言い、菊太郎とともに縁側から座敷に入った。着替えてから、松沢屋にむかうのである。

菊太郎と隼人は、おたえに手伝わせて小袖と羽織姿に着替えた。ただ、羽織の裾を帯に挟む、巻羽織《まきばおり》と呼ばれる八丁堀同心独特の格好はしなかった。隼人は隠居の身であるし、菊太郎もそれに合わせたからである。

菊太郎と隼人は念のために大小を腰に差し、戸口から出た。そして、利助とともに、通りを日本橋の方にむかった。

おたえは木戸門まで出て、菊太郎たち三人を見送っている。

菊太郎たちは八丁堀から日本橋のたもとに出ると、橋を渡り、室町《むろまち》一丁目に入った。そして表通りを北にむかい、本町三丁目まで来ると奥州街道に入った。街道沿いにある売薬店や薬種問屋が目についた。この辺りは、薬種問屋が多いことで知られた地である。

街道をいっとき歩くと、利助が路傍に足をとめ、

「あの店でさァ」

と言って、立派な店がまえの売薬店を指差した。

薬屋の多い通りでも目につく、大きな店である。店の脇の立て看板には、「寿栄丸《じゅえいがん》松沢屋」と記してある。寿栄丸は松沢屋で売り物にしている薬であろう。

店の表戸は閉めてあったが、脇の一枚だけ開いていた。そこが、店への出入り口になっているらしい。開けてある戸の近くに、岡っ引きと下っ引きらしい男がふたり立っていた。出入りする者に目を配っているようだ。

利助が先にたち、腰に差していた十手を手にし、

「八丁堀の旦那を、お連れした」

と、出入り口にいたふたりに小声で伝えた。

ふたりはその場からすこし身を引いて、菊太郎たちに頭を下げた。

「ご苦労だな」

隼人がふたりに声をかけ、戸口から店のなかに入った。

店内は薄暗かった。土間の先が、畳敷きの薬売り場になっていった。薬売り場の右手に、薬を入れた引き出しが何段も並んでいる。

薬売り場には、店の奉公人、岡っ引きや下っ引きたち、それに八丁堀同心の姿もあった。

「北町奉行所の平林《ひらばやし》どのだ」

隼人が言った。

平林は、定廻《じょうまわ》り同心である。菊太郎は、事件現場で平林を目にしたことはあったが、話したことはなかった。

平林は、店の奥の帳場格子のそばに立って、番頭らしい年配の男から話を聞いていた。隼人は薬売り場の隅に、手代らしい男が不安そうな顔をして立っているのを目にし、

「あの手代に訊いてみる」

と、脇にいた菊太郎に声をかけた。

「おれは、奥の廊下にいる手代に訊いてみます」

そう言って、菊太郎は帳場の右手奥にある廊下の方を指した。その廊下は、店の奥の部屋に通じているらしかった。

一方、利助は座敷の隅で丁稚《でっち》らしい男をつかまえて、話を聞いている。

二

「手代か」

菊太郎は、二十歳《はたち》ごろと思われる男に声をかけた。

男は菊太郎に頭を下げ、

「手代の太助《たすけ》といいます」

と、小声で名乗った。

「店の者が、ひとり殺されたそうだな」

菊太郎が、小声で訊いた。

「は、はい、手代の峰次郎《みねじろう》が……」

「賊は、手代部屋に踏み込んできたのか」

菊太郎が訊いた。

「い、いえ、峰次郎は厠《かわや》に行き、廊下で盗賊と鉢合わせして、逃げようとしたらしいが、間に合わなくて……」

太助の声が、震えた。その時のことを思い出したのだろう。

「太助は起きていたのか」

菊太郎は、太助が峰次郎が殺されたときの様子を見ていたように話したので、そう訊いたのだ。

「はい、目を覚ましていたので、峰次郎と賊とのやり取りが聞こえました」

「他に、何か耳にしたことは」

菊太郎が身を乗り出して訊いた。

「廊下の奥に、内蔵があることを親分に知らせろ、と別の男が言っていました」

「廊下で、峰次郎と鉢合わせした相手は、ひとりではないのだな」

菊太郎の声が、つい大きくなった。

「てまえは、部屋のなかで震えてました。それで、はっきりしませんが、別のひとりが源蔵親分に知らせろと言ってました」

「なに、源蔵だと！」

菊太郎の声が、ひと際大きくなった。

太助は、驚いたような顔をして菊太郎を見た。

菊太郎ははっと我に返り、「源蔵たちだったか」と呟《つぶや》いた後、源蔵という名の盗賊の親分がいることを太助に話した。

「峰次郎は、気の毒だったな」

と小声で声をかけ、

「賊は、おれたちがきっと捕らえる。峰次郎の敵《かたき》を討ってやる」

と、言い置いて、太助から離れた。

菊太郎は他の手代からも話を聞いたが、新たなことはつかめなかった。

菊太郎が土間の近くで待っていると、隼人と利助がそばに来た。

「賊は源蔵たちです」

すぐに、菊太郎が言った。

「やはり、そうか」

隼人はそう言った後、

「奥の廊下にいた手代に聞いたのだがな、内蔵が破られて、千両箱がひとつ奪われたそうだ。千両箱には、八百両ほど入っていたらしい」

と、言い添えた。

「八百両か、大金ですね」

菊太郎が言った。

次に口を開く者がなく、菊太郎、隼人、利助の三人がその場に立っていると、

「念のため、近所でも訊いてみやすか。源蔵たちのことで、ほかにも何か分かるかもしれねえ」

利助が言った。

「そうだな。源蔵たちが逃げていった方向でも知れるといいんだが……」

隼人も、店の外で聞き込みにあたるつもりになったようだ。

菊太郎、隼人、利助の三人は、松沢屋の戸口から外に出た。

三人は、一刻《いっとき》（二時間）ほどしたら、松沢屋の前にもどることにし、その場で分かれた。

菊太郎は、松沢屋の前の通りに目をやった。そこは奥州街道だったので、行き交う人は多かったが、旅人や辻駕籠《つじかご》などが目につき、事件のことを知っていそうな者は見当たらなかった。

菊太郎は、通り沿いの店に目をやった。何か知っているとすれば、近所の者なので

はないかと思ったのだ。

菊太郎は、松沢屋から一町ほど離れたところにある下駄屋《げたや》を目にとめた。街道沿いの店らしく、旅人に向けてか「鼻緒 交換」と貼り紙がしてある。

菊太郎は戸口近くにいた店の親爺《おやじ》に、

「ちと、訊きたいことがある」

と、声をかけた。

親爺は菊太郎の姿を見てすぐに客ではないと察したらしく、

「何です」

と、素っ気なく言った。

「松沢屋に賊が入ったのを知っているか」

菊太郎が訊いた。

「知ってやす。近所に住む者で、松沢屋に入《へえ》った盗人《ぬすっと》のことを知らねえ者はいませんや」

親爺が、胸を張って言った。

「噂《うわさ》を聞いたのだな」

「あっしは、噂を聞いただけじゃァねえ。一昨日《おととい》の夕方、松沢屋の斜向《はすむ》かいにある一膳めし屋の脇で、遊び人ふうの男がふたり、松沢屋に目をやっているのを見たんでさァ。あいつは、盗人のひとりにちがいねえ」

親爺の声が大きくなった。

「見たのか！」

菊太郎の声も、つられて大きくなった。

「見やした。あっしも、店に客がいなかったもんで、ふたりは、あそこで何をやってるのかと思いやしてね。しばらく、店先から見てたんでさァ」

親爺は誇らしげに胸を張った。

「それで、どうした」

菊太郎が、身を乗り出して訊いた。

「いっときすると、ふたりは一膳めし屋の脇から離れ、松沢屋の方に足をむけたんでさァ。で、松沢屋の脇で足をとめやした」

「足をとめたのを見たのか！」

思わず、菊太郎は声を上げた。

「そうでさァ。……ふたりは、店の様子を探っているようでした」

親爺によると、ふたりはしばらくすると、松沢屋の脇から来た道を引き返していったという。

「引き返すのも、見ていたのか」

「へい、暇だったもので……。この店の前も、通りやしたぜ」

親爺が、声をひそめて言った。

「ふたりの話は聞こえたか」

菊太郎は、前のめりになって訊《たず》ねた。

「聞きやした。……金が手に入りゃァ、橘町に帰《けえ》れると言ってやした」

「なに！　橘町だと」

菊太郎は、親爺に一歩近付いた。

「そ、そうで……」

親爺が驚いたような顔をして菊太郎を見た。突然、菊太郎が顔を寄せてきたからだろう。

「間違いない。盗賊一味は、源蔵たちだ」

菊太郎は、「手間をとらせたな」と親爺に声をかけ、その場を離れた。松沢屋の前にもどり、隼人と利助に親爺から聞いたことを早く話したいと思ったのだ。

三

菊太郎は松沢屋の前まで行ったが、隼人と利助の姿はなかった。まだ、近所で聞き込みにあたっているらしい。

ややあって、隼人と利助がもどってきた。ふたりは、松沢屋の前で待っている菊太郎の姿を目にすると走ってきた。

「ま、待たせたか」

息を切らせてもどってきた隼人が、声をつまらせて訊いた。

「来たばかりです」

菊太郎はそう言った後、「おれから話します。松沢屋に押し入ったのは、間違いなく源蔵たちです」と言って、下駄屋の親爺から聞いたことを口にしてから、

「それに、源蔵たちは金を手にしたので、橘町へ帰るつもりらしい。一味のひとりが、金が手に入れば橘町へ帰れると、口にしていたそうです」

と、言い添えた。

「やはり、そうか。おれも、賊のなかに、ふたりの武士がいたことを聞いた。菊太郎の話とあわせて、ふたりは長峰と小松とみていいな」

隼人が語気を強くして言った。

すると、隼人のそばにいた利助が、

「あっしは、これといったことは、摑《つか》めなかったんで……」

と、首をすくめて言った。

「いずれにしろ、これで、源蔵と用心棒の長峰と小松、それに何人かの子分たちが、松沢屋に押し入ったことが知れたな」

そう言って、隼人が菊太郎と利助に目をやった。

「源蔵一味は、橘町の塒《ねぐら》へもどったとみていいようです」

菊太郎が、力強く言った。

次に口を開く者がなく、その場がいっとき静まったが、

「まだ、八丁堀に帰るには、早い。どうだ、途中、吉乃屋を覗《のぞ》いてみるか」

隼人が、菊太郎と利助に目をやって言った。

菊太郎と利助は、うなずいた。ふたりとも、双眸《そうぼう》が強いひかりを宿している。いったん行方が知れなくなった源蔵や子分たちが、突然、目の前にあらわれたような気持ちになったにちがいない。

三人は、奥州街道を東にむかい、浜町堀にかかる緑橋のたもとまで来て南に折れた。

そして、浜町堀沿いの道を南にむかった。何度も行き来した道筋である。

菊太郎たちは汐見橋を渡り、橘町一丁目に出ると、吉乃屋のある通りに入った。

そして、吉乃屋の近くまで行って、路傍に足をとめた。

「暖簾《のれん》が出てないな」

隼人が言った。吉乃屋の戸口の格子戸も閉まっている。

「商売はしてないようだ」

利助はそう言った後、「あっしが、様子を見てきやす」と言い残し、ひとりで吉乃屋の戸口に近付いていった。

利助は格子戸に身を寄せて、店内の様子を探っていたが、その場を離れ、小走りに菊太郎たちのいる場にもどってきた。

「店のなかには誰もいないようでさァ」

利助がふたりに目をやって言った。

「いるとすれば、裏手の離れではないかな」

隼人が言った。

「行ってみやすか」

利助が言うと、菊太郎と隼人がうなずいた。

菊太郎たちは、吉乃屋の脇の小径《こみち》に足をむけた。菊太郎たちは、吉乃屋の離れが源蔵の隠れ家になっていたことは摑んでいたが、まだ離れそのものは見ていなかった。菊太郎たちが、進もうとしたとき、小径の先に人影が見えた。ふたりだった。こちらに歩いてくる。

菊太郎たちは慌てて通りにもどり、吉乃屋から離れた。

ふたりの男は、腰切半纏《こしきりばんてん》に黒股引《くろももひき》姿だった。大工か左官といった感じである。源蔵の子分ではないようだ。ふたりは、何やら話しながら通りに出てきた。そして、汐見橋のある方へ足をむけた。

「あっしが、あのふたりに訊いてきやす」

そう言って、利助がふたりの男の後を追った。

菊太郎たちは路傍に立って、利助を見送った。こうしたことは、利助に任せることが多かった。八丁堀同心だと、どうしてもそれらしい物言いになり、相手を警戒させてうまく聞き出せないからだ。

利助はふたりの男に追いつき、何やら立ち話をしていたが、やがて、小走りに菊太郎たちのいる場にもどってきた。

「何か、知れたか」

隼人が訊いた。

「ふたりは、吉乃屋の客でやした。裏手の離れにも、誰もいないそうです」

利助は、そう言った後、ふたりの男から聞き出したことを話した。

ふたりの男は、吉乃屋が店を開いていると噂を聞いて、来てみたのだという。だが、その吉乃屋が閉まっていたため、念のため裏手の離れにも行ってみたそうだ。

「離れにも誰もいないので、今日は飲まずに帰る、と言ってやした」

利助が言い添えた。

「源蔵はどこに行っているのかな」

隼人が首を傾《かし》げた。

「源蔵はここに一旦帰ったはずです。離れに行ってみたふたりは、吉乃屋が開いていると聞いて来たと言っていましたから。吉乃屋の女将《おかみ》は、源蔵の情婦《いろ》です。その女将もいないということは、源蔵と一緒に、身を隠しているような気がします」

菊太郎が、珍しく語気を強くして言った。

「あっしも、そんな気がしやす」

利助が言った。

「そうだな。……源蔵は吉乃屋も離れも、おれたちに気付かれているかもしれないと用心して、女将と一緒にほとぼりが冷めるのを待つつもりかもしれん」

隼人が、静まりかえった吉乃屋を見つめて言った。

次に口を開く者がなく、その場が沈黙につつまれると、

「また近所で、聞き込んでみますか。源蔵や女将が姿を消したといっても、この近くかもしれませんから」

菊太郎が、隼人と利助に目をやって言った。

「一刻ほどしたら、この場にもどることにして、また三人別々になって聞き込んでみよう」

隼人が言うと、菊太郎と利助がうなずいた。

## 四

菊太郎は、吉乃屋を背にして、左右に目をやった。菊太郎は、吉乃屋の近所に住む者なら、源蔵と女将、長峰や小松、それに子分たちが、どこに身を隠しているか心あたりがあるのではないかと思ったのだ。

菊太郎は斜向かいの下駄屋に目をとめた。脇の椿《つばき》の樹陰から、吉乃屋を見張っていた、あの下駄屋である。

店先にいる娘が、赤い鼻緒の下駄を手にして店の親爺らしい男と話している。菊太郎は近所で店をひらいている下駄屋の親爺なら、源蔵や子分たちのことを知っているとみた。

菊太郎は下駄屋に足をむけた。ちょうど店先まで来ると、下駄を手にした娘が、

「また来るね」と言い残し、小走りに店先から離れた。

親爺は菊太郎に顔をむけたが、何も言わず、店のなかにもどろうとした。

「ちと、訊きたいことがある」

菊太郎が、親爺に声をかけた。

親爺は足をとめて、振り返り、

「あっしですかい」

と、菊太郎に訊いた。戸惑うような顔をしている。下駄屋とは縁のなさそうな見知らぬ武士が、店先に来て声をかけたからだろう。

「そこに、吉乃屋という料理屋があるな」

菊太郎が、吉乃屋を指差して言った。

「ありやすね」

親爺は、かたい声で言った。

「吉乃屋は閉まっているようだが、商売はやってないのか」

菊太郎が、吉乃屋に目をやったまま訊いた。

「昨日は、やってたんですがね」

親爺は、首をひねった。どうやら、親爺も、吉乃屋がなぜ急に店を閉めたのか、知らないらしい。

「裏手に離れがあると聞いたが、離れにも客を入れるのか」

菊太郎は、源蔵のことが何か知れないかと、そう訊いたのである。

「客は入れねえ」

親爺はそう言った後、菊太郎に身を寄せて、「旦那、裏手には、近寄らねえ方がいい」と声をひそめた。

「離れに近寄ると、悪いことでも起こるのか」

菊太郎が、戸惑うようなふりをして訊いた。

「悪いことが、起こるかもしれねえ」

親爺は、そう言った後、

「でけえ声じゃァ言えねえが、裏手の離れには、怖え親分さんが住んでるんでさァ」

と、小声で言い、上目遣いに菊太郎を見た。

「怖い親分だと！」

菊太郎は、驚いたような顔をして見せた。親爺からもっと話を聞き出すためである。

「そうでさァ。親分は留守にして、いねえことが多いんですがね。昨日、帰《けえ》ってきたらしい」

「その親分は帰ってきて、離れにいるのか」

菊太郎が、さも興味ありげに訊いた。

「いるはずでさァ」

「おかしいな。吉乃屋の脇から、裏手も覗いてみたが、誰もいないようだったぞ」

菊太郎が首をひねった。

「旦那、覗いてみたんですかい」

親爺が驚いて訊いてきた。

「覗いたといっても、吉乃屋の脇まで行って、見ただけだ」

菊太郎が、声をひそめて言った。

「ふうん。じゃ、源蔵親分は、女将さんとどこかにしけこんだかな」

親爺が薄笑いを浮かべた。

「親分が、女将と一緒にしけこむとしたらどこだ」

菊太郎は、さらに訊いた。

「そこまでは、知りやせん」

親爺が、素っ気なく言った。見ず知らずの武士と、いつまでも無駄話をしているわけにはいかない、と思ったのかもしれない。

親爺は、「あっしは、忙しいもので」と小声で言い、菊太郎に頭を下げると、店のなかに入ってしまった。

菊太郎は下駄屋から離れ、通りの先に目をやった。そして、ちょうど、通り沿いにあった八百屋《やおや》から出てきた幼子を連れた年増《としま》に声をかけ、吉乃屋のことを訊いてみた。

年増は吉乃屋が今日は店をひらいていないことには気付いていたが、源蔵が裏手の離れにいることは知らなかった。

菊太郎は年増に訊いた後、八百屋にも立ち寄って訊いてみたが、新たなことは知れなかった。

菊太郎が吉乃屋の前にもどると、利助の姿はあったが、隼人はまだもどっていなかった。

「これといった話は、聞けなかった」

菊太郎はそう言って、下駄屋の親爺から聞いたことだけでも、話そうとした。

「待ってくれ、菊太郎の旦那、長月の旦那が来やした」

と、利助が言って、通りの先を指差した。

見ると、隼人が小走りに近付いてくる。

「じゃあ、父上が来てから」

菊太郎は、隼人がそばに来るのを待った。

隼人は菊太郎と利助の姿を目にすると、足を速めた。そして、菊太郎たちのそばに来ると、

「ふ、ふたりを、待たせちまったようだな」

そう言って、肩で息をした。

## 五

「おれはたいしたことは、摑めなかったんですが」

菊太郎はそう言って、昨日、源蔵が離れに帰ってきたらしいが、今はいないと聞いたことを話した。

「あっしも、源蔵が一度帰《けえ》ってきたと聞きやしたぜ」

利助が身を乗り出して言った。

「利助、話してくれ」

隼人が言った。

「あっしが聞いた男は、この通り沿いにある米屋の親爺なんですがね。店先で客と話しているとき、店の前を通りかかった源蔵を見たそうでさァ」

利助が、隼人と菊太郎に目をやりながら話した。

「源蔵はひとりだったのか」

隼人が訊いた。

「それが、子分を四、五人、連れてたそうで」

利助が言った。

「なに、子分が四、五人も一緒だったのか」

菊太郎の声が、大きくなった。

「そう聞きやした。……その子分のなかには、ふたり二本差しがいたそうでさァ」

「長峰と小松だな！」

隼人が、ふたりの名を口にした。

「米屋の親爺は、二本差しの名までは知らなかったんですがね。隼人の旦那の言うとおり、そのふたりは長峰と小松にちげえねえ」

利助が言った。

「おれは、通りかかった男から、源蔵が数人の子分らしい男と歩いていたと聞いた。……どうやら、源蔵だけでなく子分や客分の武士も、みな一斉に縄張にもどってきたようだな」

そう言って、隼人は菊太郎と利助に目をやった。

「源蔵は近所でも、かなり恐れられているようです。迂闊《うかつ》にこの辺りで探っていると、源蔵たちを捕らえるどころか、殺されるのはおれたちだ」

菊太郎が、いつになく険しい顔になった。

その場が重苦しい沈黙につつまれたとき、

「源蔵や子分たちは、いまは姿を隠しているとしても、いずれ、吉乃屋の裏手にある離れにもどるはずだ。……数日経《た》ってからまた来るか……」

隼人が言い、菊太郎と利助とともに考えこんだ。

そこへ、汐見橋のある方から歩いてきた遊び人ふうの男が、吉乃屋の前で足をとめた。そして、店が閉まったままなのに気付くと、店の脇の小径をたどって裏手にむかった。

菊太郎たち三人は、近くの路傍で枝葉を繁《しげ》らせている椿の樹陰に身を隠した。

男の姿が見えなくなると、

「あの男、源蔵の子分ですぜ」

利助が言った。

「そのようだ。あの男、またすぐに裏手から出てくるはずだ。離れには、誰もいないからな」

隼人がそう言ったとおり、じきに吉乃屋の脇から男が姿を見せた。やはり離れに誰もいないのを知って、もどってきたらしい。

遊び人ふうの男は通りに出ると、来た道とは反対の方向へ歩きだした。

「あの男を捕らえて、訊いてみやすか」

利助が言って、椿の樹陰から通りに出ようとした。

「待て！」

隼人が利助をとめ、

「あの男、来た道とは反対の方向へむかったぞ。親分のいる場所の当てがあって、そこへ行くつもりではないか」

と、樹陰から身を乗り出して言った。

「跡を尾《つ》けてみますか」

菊太郎が言った。

「そうしよう」

隼人が言い、三人は椿の樹陰から出た。

利助が先にたち、菊太郎、隼人の順に、三人はすこし間をとって男の跡を尾け始めた。前を行く男は、汐見橋がある方とは反対方向にむかって歩いていく。そして、道沿いにある稲荷《いなり》の脇まで来ると、右手にある小径に入った。

菊太郎は、男が稲荷の脇にある道に入ったのを見て、

「あの男、賭場《とば》へ行くようですね」

と、隼人と利助に目をやって言った。

隼人と利助は、うなずいた。隼人たちも、男の入った先に賭場があるのは承知している。

前を行く男は、小径沿いにある仕舞屋《しもたや》に入った。源蔵の賭場になっている家である。

家の近くに、人影はなかった。辺りはひっそりしている。

菊太郎たちは通行人を装って、家のそばまで行った。

「誰かいる！」

隼人が小声で言った。

家のなかから、かすかに男の話し声が聞こえた。

「何人もいるようだぞ」

菊太郎が言った。

「まさか今日、賭場に博奕《ばくち》を打ちにきた男たちがいるとは思えん。源蔵や子分たちが、ここに身を隠しているのではないか」

隼人が言うと、その場にいた菊太郎と利助がうなずいた。

「踏み込みやすか」

利助が身を乗り出して言った。

「駄目だ。大勢だろう。子分たちのなかには、小松と長峰もいるとみねばならない。ここにいる三人だけでは、以前のように逃げられるか、あるいはこちらが殺《や》られるぞ」

隼人が、賭場になっている家を見つめて言うと、菊太郎と利助が顔を厳しくしてうなずいた。

六

「当番与力《よりき》に話して、捕方をむけてもらいますか」

菊太郎が小声で言った。

下手人の捕縛にあたるのは、町奉行所の当番与力だった。当番与力は、何人もの同心に出役を命じ、同心の配下の者や御用聞きなどを連れて下手人の捕縛にあたるのだ。

「駄目だ。当番与力が配下の者を連れて、この場に来るまでには何日もかかるんだ。源蔵の耳に入って、源蔵や子分たちは、ばらばらになって逃げるはずだ。子分たちが何人か捕まるかもしれんが、源蔵や小松たちは、うまく姿を消すだろう」

隼人が言った。

「そうか……」

菊太郎も、与力が捕方を連れて賭場に踏み込む前に、源蔵や子分たちは逃げ散ってしまう可能性は大きい、と思った。

「どうしやす」

利助が、悔しそうに訊いた。

「源蔵や子分たちも、いつまでも賭場に籠っていることはできまい。大勢だと、飲み食いすることも、まともにできないからな」

隼人が言った。

「しばらく、様子を見やすか」

利助が言った。

「そうだな」

隼人が言い、その場にいた三人は、賭場になっている家を見張ることになった。

三人は、家からすこし離れた路傍で枝葉を繁らせていた八手《やつで》の樹陰に身を隠した。

それから一刻（二時間）ほど経ったが、源蔵たちのいる家から、姿を見せる者はいなかった。時折かすかに男たちの話し声が聞こえるだけである。


「出てこねえなァ」

利助が、生欠伸《なまあくび》を嚙《か》み殺して言った。

そのとき、菊太郎が樹陰から身を乗り出し、

「出てきたぞ！」

と、声をひそめて言った。

家の戸口から、遊び人ふうの男がひとり姿を見せた。そして、肩を振るようにして、菊太郎たちが身を潜めている方へ歩いてくる。

「あの男を捕らえよう」

隼人が身を乗り出して言った。

「おれが、男の前に出ます」

菊太郎が、男を見据えて言った。

「おれは、後ろだな」

隼人が言った。

すると利助が、「あっしは、もしやつが逃げたら跡を尾けやしょう」と小声で言い添えた。

菊太郎たちがそんなやり取りをしている間に、遊び人ふうの男は、すぐ近くまできた。樹陰に身を潜めている菊太郎たちには、気付いていない。

「行くぞ」

隼人は声を殺して言い、樹陰から飛び出した。

男は、ギョッとしたように、その場に立ち竦《すく》んだ。一瞬、何が飛び出してきたのか分からなかったらしい。

隼人につづいて、菊太郎が男の前に立ち塞がった。菊太郎は抜き身を手にし、刀身を峰に返している。峰打ちにするつもりなのだ。

「て、てめえたちは……！」

男は声をつまらせて言い、懐に手をつっ込んだ。呑《の》んでいる匕首《あいくち》でも取り出そうとしたのかもしれない。

「遅い！」

菊太郎が、踏み込みざま刀身を横に払った。素早い太刀《たち》捌《さば》きである。

峰打ちが、男の腹をとらえた。

男は、グッと喉のつまったような呻《うめ》き声を上げ、手にした匕首を落とし、両手で腹を押さえた。

「動くな！」

菊太郎が、刀の切っ先を男の喉元に突き付けた。

男は蒼褪《あおざ》めた顔で、その場に立ち竦んでいる。

そこへ、利助が走り寄り、懐から捕縄を取り出すと、「わめくなよ」と言いながら、
男の両腕を後ろにとって縛った。岡っ引きだけあって、なかなか手際がいい。

「どうしやす」

利助が菊太郎を見た。

「この男に、賭場のなかの様子を訊いてみよう」

菊太郎が言い、辺りに目をやって、身を隠せそうな場所を探した。

隼人がこれまで身を隠していた八手に目をやり、

「このあいだの欅《けやき》の陰しかないな。大声を出さなければ、源蔵たちのいる家からは聞

こえまい」

　そう言って、欅の陰に男を連れ込んだ。

　男は、蒼褪めた顔で身を震わせていた。まだ腹が痛むのか、左手で腹を押さえている。

「おまえの名は」

　隼人が言った。

　男は口をつぐんだまま、身を震わせていたが、

「ご、吾郎《ごろう》で……」

と、声をつまらせて名乗った。

「吾郎、賭場になっている家に、源蔵はいるな」

　隼人が訊いた。

　吾郎は、隼人から視線を逸《そ》らせたまま口を開かなかった。

「吾郎、ここで死にたいのか」

　隼人は腰の刀を抜き、切っ先を吾郎の首にむけ、「この場で、首を落とすぞ」と語気を強くして言った。

「は、話す！」

吾郎が声をつまらせて言った。

「源蔵はいるな」

隼人が同じことを訊いた。

「いやす」

吾郎が首をすくめて言った。

「長峰と小松は」

隼人は、ふたりの武士の名を出して訊いた。

「ふたりとも、いやす」

「ふたりは、賭場に来ているようだ」

菊太郎と利助を振り返ってそう言ってから、隼人はまた吾郎にむき直り、

「他の子分たちは」

と、訊いた。長峰と小松の他に、何人子分がいるのか知りたかったのだ。

「七、八人……」

「大勢だな」

隼人が、驚いたような顔をした。

隼人はいっとき間を置いた後、菊太郎に目をやり、「何かあったら、訊いてくれ」

と声をかけた。

七

「大勢いるようだが、仕舞屋は源蔵一家の隠れ家なのか」

菊太郎が訊いた。

吾郎はしばらく迷ったような顔をして口をつぐんでいたが、

「隠れ家じゃねえが、吉乃屋の離れが旦那たちに目をつけられたんで、ここに集まったんでさァ」

と、上目遣いに菊太郎を見て言った。

「では、隠れ家にしている間、賭場は開かないのか」

菊太郎が、吾郎を見据えて訊いた。

「それは……開きやす」

「源蔵はともかく、子分たちが七、八人もいては、賭場は開けまい。別の部屋にでも移れば別だが」

「賭場を開くときは、何人かは家を出ているつもりなんで。源蔵親分は挨拶《あいさつ》が済めば、賭場を出るはずでさァ」

吾郎が言った。

「今日は、賭場を開かないのだな」

菊太郎が訊いた。

「開くなら、今時分から、親分たちは賭場にいねえよ」

「そうか。では、いつから開くのだ」

「二、三日したら、これまでと同じように賭場を開くと言ってやした。親分たちも、明日はあの家から出ることになってやす」

吾郎が、薄笑いを浮かべて言った。すこし話したことで、隠す気が薄れたらしい。

「源蔵は家を出たら、吉乃屋の裏手の離れにもどるのか」

「そう聞いてやす」

「子分たちは」

菊太郎が、畳み掛けるように訊いた。

「二、三人はあの家に残りやすが、後は帰《けえ》るはずでさァ。あそこには、酒は置いてあるがめしは食えねえ。煮炊きする場所はねえし、流し場もねえ」

「すると、今夜は酒だけか」

「そうなりやす」

「訊きたいことは、これだけです」

そう言って菊太郎は、吾郎の前から身を引いた。

「今日のところは、これで帰るか。三人だけでは、何もできないからな」

そう言って、隼人が菊太郎と利助に目をやった。

すると、吾郎が、

「この縄を解いてくだせえ。源蔵親分ともこれを機に縁を切りやす」

と言って、縛られた両腕を前に突き出した。

「ここで、逃がすわけがなかろう。賭場に逃げ帰って、おれたちのことを話す気だろう」

隼人が言った。

「そんな気はねえ。親分たちとは、ほんとうに縁を切りやす」

「縁を切るなら、もうすこしおれたちと一緒にいるんだな」

隼人は利助に目をやり、「吾郎を連れてきてくれ」と声をかけた。

菊太郎たちは吾郎を連れて、来た道を引き返した。そして、吉乃屋が見えるところまで来ると、

「菊太郎の旦那、吉乃屋は、店を開いていやす！」

利助が声高《こわだか》に言った。

見ると、吉乃屋の戸口から淡い灯が洩《も》れている。

菊太郎たちは路傍に足をとめて、吉乃屋に目をやった。店内から、話し声が聞こえた。女と男の声である。

「客がいるらしい」

隼人が言った。

「店に入《へえ》ってみやすか」

利助が、勇んで言った。

「待て、店にいるのは女将と客だろう」

隼人が、利助をとめたときだった。

吉乃屋の戸口の格子戸があいて、職人ふうの男が三人、つづいて年増が出てきた。

年増は以前見たことがあった。

三人の職人ふうの男は、客らしい。三人は店の戸口で女将と何やら話していたが、年長と思われる恰幅《かっぷく》のいい男が、「女将、また寄らせてもらうぜ」と声をかけ、連れだって店先から離れた。

女将は店先に立って客を見送っていたが、三人が店から遠ざかると、踵《きびす》を返して店にもどった。

「あの男たちに、訊いてきやす」

そう言って、利助が男たちの後を追った。

追いつくと、四人で何やら話しながら歩いていき、一町ほど離れたところで利助だけが足をとめると、小走りにもどってきた。

隼人は利助の荒い息が収まるのを待ち、

「何か知れたか」

と、訊いた。その場にいた菊太郎も利助に目をやっている。

「店には、あの三人の他に、遊び人ふうの男がひとりいたそうですぜ」

利助が言った。

「源蔵の子分か」

隼人が訊いた。

「話を聞いた男のひとりが、店にいた遊び人ふうは、女将と賭場のことを話していたと言ってやした」

「源蔵の子分らしいな」

「あっしも、そう思いやした」

「その男、源蔵に言われて、女将に何か知らせることでもあって、店に来たのではないのか」

隼人が言った。

「そうかもしれねえ」

利助が声高に言った。

すると、吉乃屋の店先に目をやっていた菊太郎が、

「店で女将と話していたというのは、あの男ではないか」

と、指差した。

また吉乃屋の格子戸が開いて、姿を見せたのは遊び人ふうの男だった。大柄な男で、よく目をこらすと、右の腕に晒《さら》しを巻いていた。菊太郎は以前、源蔵たちを襲った際にとりにがした男であることに気付いた。さっきの客のときとは違って、女将は見送りに出てこない。

それまで、黙っていた吾郎が、

「兄ぃだ!」

と声を上げた。

「源蔵の子分だな」

隼人が吾郎に訊いた。

「勝造《かつぞう》って名で、源蔵の子分のなかでは、兄貴分でさァ」

そう言って、吾郎は遠ざかって行く遊び人ふうの男を見つめている。

## 八

「勝造を捕らえやしょう」

利助が身を乗り出して言った。

「捕らえたいが、だいぶ離れたぞ」

隼人は、勝造の後ろ姿を見ながら言った。

勝造は、吉乃屋から半町ほど先を歩いている。

「あっしが、やつの前に出やす。申し訳ねえが、こいつを頼みやす」

そう言って、吾郎を隼人に預けると利助が走りだした。勝造の前に出るつもりらしい。

菊太郎も走った。

利助は、足が速い。勝造の脇を通って、造作もなく前にまわり込んでいった。そして、ゆっくりとした足取りで、勝造に近付いていった。

勝造は自分に近付いてくる男を見て不審そうな顔をしたが、足をとめなかった。相手がひとりなので、自分を捕らえようとしているとは思わなかったのだろう。

菊太郎は、勝造の背後から迫っていく。勝造は、背後から来る菊太郎に気付いていない。

勝造は自分の前まで来て足をとめた利助を睨《にら》むように見据え、

「おれに、何か用かい」

と、どすの利いた声で訊いた。

「おめえさんに用があるのは、おれだよ」

菊太郎が、勝造の背中にむかって言った。

「なに！」

勝造は、後ろを振り返った。

このとき、菊太郎は、勝造の背後に迫っていた。五、六間の距離である。

「挟み撃ちか！」

勝造は叫びざま、懐に忍ばせておいた匕首を左手で取り出して身構えた。右腕は以前菊太郎に斬られたためである。

目尻がつり上がり、左手で握った匕首が震えている。昂奮《こうふん》し、体が固くなって腕に力が入り過ぎているのだ。

菊太郎が勝造の前に立ち、

「匕首を捨てろ！」

と、声をかけた。

「殺してやる！」

叫びざま、勝造は匕首を前に突き出すように構え直した。今にも、体ごとつっ込んできそうだ。

菊太郎は、手にした刀を峰に返した。勝造を峰打ちにするつもりだった。

勝造は必死の形相で菊太郎に迫ると、

「死ねッ！」

と、叫びざま、匕首を前に突き出し、体ごと踏み込んできた。

菊太郎は右手に体を寄せざま、刀を横に払った。一瞬の動きである。

勝造の匕首は、菊太郎の左袖をかすめて空を突き、菊太郎の刀身は勝造の腹を強打した。

勝造は、グワッ！　という呻き声を上げ、匕首を取り落とし、前に泳いだ。そして、足がとまると、左手で腹を押さえてその場にうずくまった。苦しそうに顔をしかめている。

「縄をかけてくれ!」

菊太郎が、利助に声をかけた。

利助は、腰にぶら下げていた捕縄を手にすると、勝造の左腕を後ろにとって縛った。慣れているだけあって、手際がいい。

「この男、どうしやす」

利助が訊いた。

「人目に触れない場所で、話を聞いてみよう」

吾郎を連れて追いついてきた隼人が言った。

菊太郎が周囲に目をやり、

「この近くには、椿の陰しかありません」

と、路傍で枝葉を繁らせている椿を指差した。そこは、これまで何度も吉乃屋を見張った場所である。

「仕方ない。あそこで訊こう」

隼人が言い、吾郎をまた利助に預けると、勝造を椿の陰に連れ込んだ。

菊太郎が勝造の前に立ち、隼人と利助は勝造を隠すように道沿いに立った。吾郎は、利助の脇でうなだれている。

「勝造、源蔵たちのことで訊きたいことがある」

隼人が勝造を見据えて言った。

勝造は、顔をしかめたまま口をつぐんでいる。

「吉乃屋に来る前まで、親分の源蔵たちと一緒に賭場として使われている仕舞屋にいたな」

隼人が訊いた。

「知らねえ」

勝造が小声で言った。

「おまえのことは、いろいろ聞いている。源蔵一家のなかでは、兄貴分らしいな」

隼人が言うと、

「おれのことを喋《しゃべ》ったのか」

勝造は、すこし離れた場所に立っている吾郎を睨みつけて言った。

吾郎は通りに目をやって、首をすくめた。

「源蔵は、賭場になっている家にいつまで居座るつもりか」

隼人が訊いた。

勝造は、いっとき口をつぐんだまま虚空《こくう》を睨むように見据えていたが、

「そのうち、離れに帰《けえ》ってくるかもしれねえよ」

と、他人事《ひとごと》のような物言いで言った。

「そうか。おまえが、吉乃屋へ行ったのは、そのことを女将に知らせるためだな」

隼人が当たりをつけて訊《たず》ねた。

「………」

勝造は、顔をしかめたまま口を閉じている。

「源蔵も賭場に籠りきりでは厭《あ》きるだろうし、吉乃屋に比べたら飲み食いする物も旨《うま》くないだろうからな」

隼人は、菊太郎に目をやり、「菊太郎からも訊いてくれ」と、声をかけた。

すると、菊太郎は勝造に近付き、

「今度はいつ、賭場を開く気なのだ」

と、語気を強くして訊いた。

勝造は、すぐに口を開かなかったが、

「二、三日したら、賭場を開くつもりでさァ」

と、小声で言った。隼人に話したことで隠す気が薄れたようだ。さっき吾郎から聞

いていたのと同じ答えだった。

「そうか」

菊太郎は、源蔵の胸の内が読めた。賭場にやってくる客は、貸元《かしもと》がいないところで気楽に遊びたいと思っているにちがいない。ならば賭場を開くためには、貸元である源蔵が賭場で寝泊まりしている訳にはいかない。それで、吉乃屋の裏手にある離れにもどり、これまでと同様、貸元として子分たちを連れて賭場に通えるようになってから、賭場を再開するつもりなのだろう。

菊太郎が口を閉じると、次に口を開く者がなく、その場がしんと静まり返った。

「あっしはどうなるんで。知ってることは、みんな話しやしたぜ」

勝造が言った。

「源蔵に手を貸していたのだから、おまえは、大番屋送りだな」

菊太郎が語気を強くして言った。

大番屋は、江戸市中に七、八カ所あった。八丁堀に近い南茅場町《みなみかやばちょう》にもある。捕らえられた下手人は大番屋で吟味され、伝馬町《てんまちょう》の牢屋《ろうや》敷《しき》に送られるのだ。そうなると、二度と巷《ちまた》にはもどれないかもしれない。

# 第五章　捕縛

一

「ふたりとも、くれぐれも気をつけて」

おたえが、菊太郎と隼人に声をかけた。

そこは、八丁堀にある長月家の組屋敷の戸口である。おたえは、これから探索にむかう菊太郎と隼人を木戸門の外まで見送りに出ていた。ふたりとも、八丁堀ふうの格好をしていなかった。羽織袴《はおりはかま》姿で二刀を帯びている。どこでも見掛ける小身の旗本か御家人といった身支度である。吾郎と勝造に話を聞いた日から、三日後のことである。

菊太郎と隼人は、これからまた浜町堀にかかっている汐見橋の東方に広がる橘町へ行くつもりだった。源蔵や子分たちを捕らえるためだが、捕方を手配する猶予はないので、捕縛するのは限られた者になるだろう。菊太郎たちの狙いは、親分の源蔵、用心棒の長峰と小松である。この三人さえいなくなれば、子分たちは散り散りになり、大半は界隈《かいわい》から姿を消すか、足を洗うかするだろう。

ふたりは、八丁堀から日本橋川にかかる江戸橋のたもとまで来た。そこで、五人の男が待っていた。天野と岡っ引きの政次郎、それに、利助と八吉、綾次である。

隼人と菊太郎は、昨日手分けして天野家の屋敷と利助の住む豆菊にむかい、今日、江戸橋のたもとで待つように話しておいたのだ。

「待たせたか」

隼人が、天野に声をかけた。

「いや、おれたちも来たばかりだ」

天野が言うと、その場にいた政次郎たち四人がうなずいた。

「これから、橘町にむかう」

菊太郎が男たち全員にむかって言った。

「八吉、もう疲れはとれたのか」

隼人が八吉に声をかけた。

「もうすっかり元気になりやした。今日こそは源蔵たちを捕まえようってんだから、あっしもお供させてもらいまさァ」

隼人は、うなずいた。

菊太郎たちは歩きなれた道のりを進んで、汐見橋を渡り、橋町一丁目に出た。そして、吉乃屋のある通りに入って、いっとき歩くと吉乃屋が見えてきた。

菊太郎たちは、吉乃屋からすこし離れた場で足をとめた。源蔵の子分や吉乃屋に出入りする客たちに気付かれないようにしたのだ。

「店はもうひらいているようだ」

菊太郎が言った。

吉乃屋の店先に暖簾《のれん》が出ていた。ただ、まだ早いのか、客はいないらしく、ひっそりとした様子である。

「裏手の離れに、源蔵はもう帰っているかな」

隼人が言った。

「あっしが、見てきやす」

「無理をするな。離れに人がいるかどうか、分かればいい」

隼人は、離れに源蔵だけでなく長峰と小松がいると、仲間のうち誰かが傷つくかもしれないとみたのだ。

「あっしも行きやす」

綾次が言い、利助とふたりでその場を離れた。

ふたりは吉乃屋の脇まで行くと、足をとめ、慎重に裏手に目をやっていたが、やがて姿が見えなくなった。

菊太郎がずっと目を離さずにいると、利助と綾次が脇の道からふたたび姿を見せ、菊太郎たちのいる場に、もどってきた。

「どうだ、離れの様子は」

隼人が訊《き》いた。

「いやした！　何人もです」

利助が昂《たかぶ》った声で言った。

すると、それまで黙っていた天野が、

「源蔵は、また大勢引き連れているのか」

と、緊張した様子で言った。

「長峰と小松も、いやしたぜ」

利助によると、離れから男たちの話し声が聞こえ、そのなかに、長峰の旦那、小松の旦那、と呼ぶ声が聞こえたという。

「源蔵一家の者たちが、集まっているようだ」

菊太郎が言った。

「それに源蔵も、客が離れないうちに、そろそろ賭場《とば》を開きたいころでしょう」

菊太郎が声を低くして言った。

「これで離れに踏み込むと、源蔵たちを捕らえるどころか返り討ちにあうな」

天野が言った。

「源蔵たちが、出掛ける機会を待つしかないだろうな」

そう言って、隼人が男たちに目をやった。

「賭場に行くときですかい」

利助が訊いた。

「そうだ。源蔵は貸元《かしもと》として、賭場に顔を出すだろう。その行き帰り、一緒にいる子分たちがひとりでもすくないときを狙えばいい」

隼人が言うと、

「そうだ、そのために、七人で来ているのだからな」

菊太郎が全員を見回した。その言葉を聞くと、その場にいた天野たちがうなずいた。

「今から、賭場に行き来する道に身を隠して、源蔵たちを待つには早すぎる。どうだ、近くの店で、腹拵《はらごしら》えをしておくか」

そう言って、隼人は通りの先に目をやった。すこし遠いが、道沿いに一膳めし屋らしい店がある。

「あの一膳めし屋は、どうだ」

隼人が言うと、その場にいた男たち六人が、うなずいた。

菊太郎たちは、一膳めし屋に入った。もう、昼をまわったこともあり、一膳めし屋はすいていた。

菊太郎たちは、めしだけを頼んだ。ここで、酔うわけにはいかないのだ。

急いでめしを食べ終え、一休みしてから店を出た。

八ツ（午後二時）ごろであろうか。まだ、陽射《ひざ》しは強かった。

「どうしやす、賭場へ行きやすか」

八吉が訊いた。

「そうだな。まだ、早いが行くか」

隼人が男たちに目をやって言った。

二

菊太郎たちは通行人を装って賭場が開かれる仕舞屋《しもたや》に近付いた。仕舞屋は静かだったが、もう何人か来ているらしく、足音が聞こえた。

「源蔵の子分たちだな。何日かぶりに賭場を開くのだから、きっちりと準備しているのではないか」

隼人が言った。

「どうする」

天野が訊いた。その場にいた利助たちの目も、仕舞屋にむけられている。

「今、踏み込んでも仕方ない。とにかく、源蔵を捕らえられそうな機を狙って待とう。そのうち博奕《ばくち》を打ちにくる男や源蔵たちが姿を見せるはずだ」

菊太郎が、賭場を見ながら言った。

菊太郎たちは、路傍で枝葉を繁《しげ》らせている、もうなじみとなった欅《けやき》の樹陰と草藪《くさやぶ》に、身を隠した。菊太郎たちがこれまで何度も賭場を見張っている場所である。

しばらくすると、賭場につづく道にひとり、ふたりと男が姿を見せた。職人ふうの男、遊び人、店屋の親爺《おやじ》らしい男などが、賭場に入っていった。いずれも、博奕を打ちにきた客らしい。

「そろそろ、源蔵たちが、姿を見せてもいいころだな」

隼人が通りの先に目をやって言った。

それからいっときし、遠方に男たちの姿が見えた。

「源蔵たちですぜ！」

利助が身を乗り出して言った。

源蔵たちは、しだいに近付いてきた。貸元の源蔵の他に、子分たちとふたりの武士の姿があった。小松と長峰である。隼人とやりあったときに長峰が負った傷は、もう痛まない様子である。

「なんだ、これまででいちばん大勢じゃないか」

利助が焦りを隠せない様子で、人数を数えている。

男たちが、菊太郎たちの潜んでいる場に、いよいよ近付いてきた。総勢十人もいる。

源蔵、小松、長峰、そして子分が七人。

「松沢屋から大金を奪って、勢いづいたか」

天野が表情を厳しくしている。

源蔵たちが近付いてきたとき、綾次が欅の陰から通りに出ようとした。

菊太郎が綾次の肩を摑《つか》み、

「焦るな、ここで仕掛けたら、それこそ返り討ちにあうぞ」

と戒めた。

「菊太郎の旦那、すまねえ」

綾次は思いとどまった。ふたたび樹陰に身を隠し、通り過ぎていく源蔵たちを睨《にら》みつけている。

「帰りに期待しよう。羽振りがいいってことは、子分たちも金をもらったはずだ。博奕で羽目を外して、賭場にとどまる者がいるかもしれんぞ」

これまで数々の賭場を見てきた隼人が、冷静な声で言った。

いままでの聞き込みで、貸元の源蔵は客たちに挨拶《あいさつ》をし、後を代貸《だいがし》や壺振《つぼふ》りなどに任せ、子分を何人か連れて賭場を出ると分かっている。実際に賭場を仕切るのは親分でなく、代貸や子分たちなのだ。

隼人は町方の同心のころ、賭場の手入れに何度か加わったことがあり、貸元や賭場のことをよく知っていた。

「そうですね、とにかく待ちましょう」

菊太郎が大きくうなずいた。七人の子分のなかに、代貸や壺振りもいればいいと、菊太郎は考えていた。そうすれば、帰りは確実に人数が減るはずだ。

「帰りに、源蔵を捕らえられれば……」

天野が言った。

菊太郎たちは、欅の樹陰から動かなかった。かれこれ一刻《いっとき》(二時間)は経《た》ったろうか。辺りは淡い夕闇につつまれ、賭場になっている仕舞屋から洩《も》れている灯が、浮かんで見えるようになった。

仕舞屋では博奕がつづいているらしく、時々男たちのどよめきや笑い声などが聞こえてきた。

そのとき、仕舞屋に目をやっていた綾次が、

「誰か出てきた!」

と、身を乗り出した。

見ると、戸口から男がふたり姿を見せた。ふたりとも、牢人《ろうにん》ふうである。客のようだ。

「あのふたり、博奕に負けて、金がつづかなくなったようだ」

天野が言った。

ふたりの男は、菊太郎たちのいる方に歩いてくる。天野の言うとおり、ふたりは博奕に負けたらしく、肩を落としていた。話し声も、ぼそぼそとくぐもっている。

待ちかねていた綾次は、ふたりが欅の木の前を通り過ぎると、

「ふたりから、賭場の様子を訊いてきやす」

そう言って、草陰から出ようとした。

利助は綾次を呼び止めると、

「落ち着いていけよ」

と声をかけて、綾次を落ち着かせた。

綾次はふたりの男に声をかけ、いっとき何やら話しながら歩いていたが、しばらく行ったところで足をとめた。そして、菊太郎たちのいる場にもどってきた。

「賭場の様子が知れたか」

菊太郎が訊いた。

「し、知れやした。……あっしが話を聞いたふたりはここの常連らしい。貸元の源蔵は賭場に来た客たちに挨拶を終えて帰り支度を始めていたので、じきに賭場から出てくるはずだ、と言ってやした」

綾次が早口で言った。気を張っていたせいか、息がすこし乱れている。

「そうか。……源蔵と一緒に賭場に入った長峰と小松のことは聞いたか」

「小松は元々博奕好きで、今夜も盆茣蓙《ぼんござ》を前にして居座ってるそうでさァ」

「長峰は」

「長峰の方は、盆茣蓙から離れて茶を飲んでいたようです」

「そうか。小松は、博奕をつづけるかもしれんな」

菊太郎が小声で言うと、

「今夜はだいぶ盛り上がっているそうでさぁ」

と綾次がつけ加えた。

「小松も賭場に残って、子分の何人かも居座ってくれれば、源蔵と一緒に賭場を出るのは、幾人もいないぞ」

天野が声を大きくして言った。

「源蔵を捕らえるいい機会だ！　代貸や壺振りも、賭場に残るはずだからな」

いつになく、隼人の声が昂っていた。

三

牢人ふうのふたりが賭場から出てきてさらに半刻（一時間）ほど経ったろうか。辺りは、薄暗くなっていた。

賭場の方にじっと目をやっていた八吉が、

「出てきた！」

と、声を上げた。

見ると、賭場になっている仕舞屋の戸口に何人かの人影があった。

「源蔵たちだ！」

菊太郎が声高《こわだか》に言った。

辺りはだいぶ暗くなっていたのではっきりしないが、源蔵のまわりを男たちが囲んでいた。武士の姿もある。

「長峰だ！」

隼人が言った。

「八人だ。人数は、おれたちとさほど変わらない」

天野が、椿の樹陰から身を乗り出した。

「武士はひとりです」

菊太郎が、源蔵たちを見つめて言った。

「小松は仕舞屋に残ったようだ。やつは博奕に勝っているにちがいない。それで、賭場から出られないのだ」

賭場の手入れに何度も加わったことのある隼人が言うと、男たちがうなずいた。

「源蔵たちを捕らえる機会がやっと巡ってきたな」

菊太郎が、その場にいた男たちに目をやって言った。

「よし、源蔵を捕らえよう」

天野も意気込んでいる。

菊太郎たちが、そんなやり取りをしているところに、源蔵たちは、次第に近付いてきた。樹陰に身を潜めている菊太郎たちには気付かず、愉快そうに話しながら歩いてくる。

源蔵たちが欅の近くまで来ると、

「行くぞ！」

隼人のかけ声で、菊太郎たちは、一気に走り出た。

源蔵たちの前に、隼人と天野、それに政次郎が走り出ると、菊太郎、利助、八吉、綾次の四人が背後に回り込んだ。逃げ道を塞いだのである。

「町方だ！」

源蔵のそばにいた子分のひとりが叫んだ。

すると、源蔵の脇にいた長峰が、

「親分、こいつらは、おれが相手する」

と、声高に言って、抜刀した。

「今日は逃がさぬ」

隼人が言い、腰に差していた刀を抜いて、ふたたび長峰と対峙《たいじ》した。

「あのときの傷はもういいのか」

隼人が構えながら訊《たず》ねた。

「おかげさまでな」

長峰は、手にした刀の切っ先を隼人にむけた。隼人と長峰は青眼《せいがん》に構え、切っ先をむけ合った。ふたりとも遣い手らしく、構えに隙がない。

このとき、菊太郎は源蔵の背後にまわって、切っ先をむけたが、源蔵のそばにいた子分のひとりが、菊太郎の前に立った。そして、

「てめえの相手は、おれだ！」

と、叫んで、手にした長脇差《ながわきざし》の切っ先を菊太郎にむけた。

「そこを、どけ！」

菊太郎が、刀を八相《はっそう》に構えて一歩踏み込んだ。

これを見た子分が、目を吊《つ》り上げ、

「死ね！」

と、叫びざま、一歩踏み込み、手にした長脇差で袈裟《けさ》に斬り付けた。

菊太郎は一歩身を引いて長脇差の切っ先をかわし、刀を横に払った。一瞬の太刀捌《たちさば》

きである。

　菊太郎の手にした刀の切っ先が、子分の脇腹を横に斬り裂いた。

　グワッ、という呻《うめ》き声を上げ、子分は左手で脇腹を押さえて、よたよたと後ろに身を引いた。脇腹を押さえた左手の指の間から、血が流れ落ちている。

　菊太郎は身を引いた子分にはかまわず、源蔵を仕留めようと思った。仕留めるといっても、なんとか生け捕りにしたかった。捕らえて吟味し、相応の処罰を受けさせたいと思っていたのだ。

　だが、源蔵は慌てて身を引いた。そこへ、別の子分が脇から菊太郎の前に回り込み、

「お、親分、逃げてくれ!」

　と、叫び、長脇差の切っ先を菊太郎にむけた。だが、子分の手にした長脇差の切っ先は震えていた。真剣勝負の経験のない子分は、菊太郎に刀をむけられ、恐怖と昂奮《こうふん》で体が固くなっているのだ。

　菊太郎は素早く踏み込み、手にした刀を袈裟に払った。切っ先が、子分の右の手首をとらえた。子分は長脇差を取り落とし、悲鳴を上げて後ろに逃げた。

　このとき、隼人と対峙していた長峰が、

「死ね!」

と、叫びざま斬り込んだ。

八相から袈裟へ――。

鋭い斬撃《ざんげき》だった。が、咄嗟《とつさ》に隼人は身を引いて、長峰の切っ先をかわした。そして、隼人は長峰がふたたび八相に構えようとした一瞬の隙をとらえて斬り込んだ。

隼人は踏み込みながら、刀身を横に払った。素早い太刀捌きである。

隼人の切っ先が、長峰の右袖を斬り裂いた。あらわになった長峰の二の腕から、血が流れ出ている。

長峰は慌てて身を引いて八相に構えた。だが、長峰の刀身が揺れている。二の腕を斬られたせいだ。二の腕から流れ出た血は、すでに右袖を赤く染めている。

「親分、逃げてくれ!」

長峰が叫んだ。

## 四

隼人が長峰と対峙していたとき、源蔵の前には菊太郎がいた。菊太郎は手にした刀の切っ先を源蔵にむけていた。

逃げてくれ、という長峰の声で、源蔵はさらに後ずさり、近くにいた子分のひとり

に、

「茂吉《もきち》、こいつを殺せ！」

と、叫んだ。

源蔵の脇にいた茂吉と呼ばれた男が、踏み込み、

「殺してやる！」

と、叫びざま、手にした長脇差を袈裟に払った。だが、間合が遠く、長脇差の切っ先は菊太郎から二尺ほども離れたところの空を切った。

茂吉は、力余って前によろめいた。

すかさず、菊太郎が斬り込んだ。切っ先が、茂吉の右の前腕をとらえた。菊太郎は茂吉を斬殺しないように、腕を狙ったのである。

茂吉は手にした長脇差を落とし、後ろへ逃げた。顔から血の気がひき、目が吊り上がっている。

これを見た源蔵はさらに後ずさり、菊太郎との間が開くと、反転して走りだした。逃げたのである。

源蔵の近くにいたふたりの子分も、源蔵の後を追ってその場から逃げた。

菊太郎は源蔵の後を追おうとしたが、近くに残っていた子分のひとりが、

「死ね！」

叫びざま、手にした長脇差で斬りつけてきた。

子分は踏み込みざま、長脇差を袈裟に払った。片手斬りだが、捨て身の攻撃だった。

咄嗟に、菊太郎は身を引いたが、一瞬、遅れた。菊太郎の左袖が裂けた。だが、袖が裂けただけで、長脇差の切っ先は、菊太郎の腕まではとどかなかった。

イヤッ！

菊太郎は甲走《かんばし》った気合を発し、手にした刀を袈裟に払った。素早い動きである。

菊太郎はまだ若く、真剣勝負の経験も少なかったが、長い間、隼人と剣術の稽古をつづけてきたので、腕が立ったのだ。

菊太郎の刀の切っ先が、子分の左袖を斬り裂いた。

子分は悲鳴を上げ、手にした長脇差を取り落とした。あらわになった左の二の腕が、血に染まっている。ただ、皮肉を浅く斬り裂かれただけらしい。

菊太郎は、子分を殺すつもりはなかった。それで、手加減して、男の二の腕に斬りつけたのだ。

子分は恐怖に顔を引き攣《つ》らせて後退《あとずさ》った。そして、菊太郎との間が開くと、反転して走りだした。逃げたのである。

菊太郎は男を追わず、周囲に目をやった。通りの先に、源蔵と子分たちの姿が見えた。

隼人はまだ長峰と対峙していた。

ふたりとも、青眼に構えていた。すでに、何度か斬り合ったらしく、長峰の右袖が裂けていた。あらわになった右の前腕が、血に染まっている。隼人の斬撃を浴びたらしい。ただ、皮肉を浅く裂かれただけで、刀をふるうのに支障はなさそうだ。

長峰は、その場から源蔵と子分たちが逃げたことを知っているらしく、顔に焦りの色があった。

そこへ、菊太郎が抜き身を手にしたまま近付いてきた。

その姿を目にした長峰は、一気に勝負を決しようと思ったらしく、

イヤアッ！

と、裂帛《れっぱく》の気合を発し、隼人にむかって斬り込んできた。

青眼から振りかぶりざま真っ向へ——。捨て身の斬撃である。

咄嗟に、隼人は右手に踏み込みざま、刀身を横に払った。

長峰の切っ先は、隼人の左肩をかすめて空を斬り、隼人の切っ先は長峰の腹を横に斬り裂いた。

ふたりは足がとまると反転して、ふたたび青眼に構え合った。

だが、長峰の構えは乱れ、切っ先が震えている。長峰は隼人の一撃で腹を斬られ、構えているのがやっとだった。小袖の腹の辺りが横に裂け、血に染まっている。

「長峰、勝負あったぞ。刀を引け！」

隼人が声をかけた。

「勝負は、ついておらぬ！」

叫びざま、長峰がいきなり斬りつけた。

振りかぶりざま、真っ向へ——。だが、もはや迅《はや》さも鋭さもない斬撃だった。

隼人は一歩身を引いて、長峰の切っ先をかわすと、大きく踏み込んで刀身を袈裟に払った。

隼人の一撃が、長峰の首をとらえた。

長峰の首から、血が激しく飛び散った。隼人の切っ先が、首の血管《ちくだ》を斬ったらしい。

長峰は血を撒《ま》き散らしながらよろめき、足が止まると、腰から崩れるように倒れた。

長峰は地面に俯《うつぶ》せに倒れ、首をもたげようとしたが、わずかに顔が上がっただけで、すぐにぐったりとなった。

長峰の首から流れ出た血で、地面が赤い布を広げるように赤く染まっていく。

隼人は、抜き身を手にしたまま地面に横たわっている長峰の脇に立った。そこへ、菊太郎や天野たちが、走り寄った。

「さすが、長月の旦那だ。強《つえ》えや」

利助が声を上げた。

その場に集まってきた天野たちの顔にも、感嘆の色があった。

「勝負は時の運だ。それより、すぐに吉乃屋にむかおう。逃げた源蔵たちは、ひとまず吉乃屋の離れに身を隠すはずだ」

隼人が、集まった男たちに目をやって言った。

「行きやしょう！」

利助が、威勢よく言った。

菊太郎たちは、すぐその場を離れた。

## 五

菊太郎たちは小径《こみち》をたどり、稲荷《いなり》の脇から吉乃屋のある通りに出た。

吉乃屋に近付くと、店先に暖簾が出ているのが見てとれた。店はひらいているらしい。

菊太郎たちは、吉乃屋からすこし離れた路傍に足をとめた。そこなら、吉乃屋の戸口から姿を見られないだろう。

「吉乃屋は、店をひらいているようだな」

隼人が言った。

「源蔵たちがいるとすれば、裏手にある離れのはずです」

菊太郎が言うと、その場にいた男たちがうなずいた。

「離れに、踏み込みやすか」

利助が意気込んで言った。

「駄目だ。源蔵たちが、離れにいるのをつかんでからだ。下手《へた》に踏み込んで、源蔵たちがいなければ、探すのが難しくなるぞ」

隼人が、その場にいる男たちに目をやって言った。

「あっしがまた店の脇まで行って、離れの様子を見てきやしょうか」

利助が言った。

「頼む。……だが利助、決して気付かれるなよ」

隼人が声をかけた。

「なに、店の脇から覗《のぞ》いてみるだけでさァ」

そう言って、利助が隼人たちから離れて、吉乃屋にむかった。

利助が歩きだしたときだった。吉乃屋の格子戸が開いて、店の女将《おかみ》と一緒に男がひとり出てきた。商家の旦那ふうの男である。客らしい。女将は、馴染《なじ》みの客を見送りに出たようだ。

利助は、急いで菊太郎たちのいる場にもどってきた。

「あの客に、訊いてみやすよ」

利助が言った。

年配の男は女将に何やら声をかけ、戸口から離れた。女将は戸口に立って男に目をやっていたが、男が離れるとまた店にもどった。

利助は、足早に男に近付いた。そして、何やら声をかけると、男と肩を並べて歩きだした。

男といっしょに一町ほど歩いていただろうか。路傍に足をとめると、小走りに菊太郎たちのいる場にもどってきた。

「利助、何か知れたか」

すぐに、菊太郎が訊いた。

「知れやした」

利助は昂った声でそう言い、

「源蔵たちは、やはり店の裏手の離れにいるようですぜ。話を聞いた旦那が、吉乃屋に入るとき、何人かの男たちが、店の脇から裏手に行くのを見たと言ってやした」

と、その場にいた菊太郎たちに話した。

「源蔵たちは、離れに身を隠しているのだな」

隼人はそう言って、口をつぐんだ。何やら考えているらしく、虚空《こくう》を睨むように見据えている。

「出直して、捕方を集めてから離れに踏み込みますか」

それまで黙っていた天野が、隼人に訊いた。

「本来それがいちばんですが、源蔵たちが明日も離れや賭場にとどまるか分かりません。それに賭場に残った小松や子分たちとまた合流されたら厄介だ」

菊太郎が言った。

「そうだな。源蔵たちは、絶対に捕まりたくないはずだ。いずれにしろ、離れに長く隠れていることはあるまい」

隼人が言った。その顔が、いつになく険しかった。

次に口を開く者がなく、その場は重苦しい沈黙につつまれた。

「今なら、離れにいるのは、大勢ではないはずです」

　菊太郎が、語気を強くして言った。

　その場にいた隼人たちの目が、菊太郎に集まった。

「源蔵たちはおれたちに襲われて、逃げ帰ったのです。そのとき、源蔵と一緒に逃げたのは五人です。そのうちの三人は手傷を負っていますし、腕のたつ者はいないはずです。長峰は父上が討ったし、小松はまだ賭場に残っている」

　菊太郎は、男たちに目をやった。

「そうだな。……賭場へは行かず、離れに残っていた子分がいたとしても、大勢ではないな」

　隼人が言った。

「この機を逃すと、源蔵を捕らえるのは、さらに難しくなります」

　菊太郎が言うと、男たちがうなずいた。

「踏み込む前に、離れを探ってきます」

　菊太郎は腹をかためたらしく、双眸《そうぼう》が強いひかりを宿している。

「あっしも、一緒に行きやしょう」

　利助が身を乗り出して言った。

「頼む。菊太郎、利助、無理をするなよ」

隼人が、ふたりに声をかけた。

菊太郎と利助は、その場を離れた。そして、まず吉乃屋の前まで行って店内の様子をうかがった。まだ客がいるらしく、男の濁声《だみごえ》が聞こえた。客の他に、女将や板前、小女《こおんな》などもいるようだ。

菊太郎と利助は、吉乃屋の脇にまわり、小径の先に目をやった。

裏手の離れも、二階建てになっていた。ただ、それほど大きな家ではなく、二階はあっても二間だろう。離れの主《あるじ》である源蔵の寝間になっているのかもしれない。

家の脇には、松と紅葉《もみじ》が植えてあった。庭というほど広くはないが、植木が枝葉を繁らせており、別宅らしい静かで落ち着いた雰囲気が感じられる。

「もう少し近付いてみやすか」

利助が小声で言った。

「行ってみよう」

菊太郎は、本当に離れに源蔵がいるかどうか確かめねばならない、と思った。

## 六

菊太郎と利助は足音を忍ばせて、吉乃屋の裏手にある離れに近付いた。

家のなかから、男の話し声や障子を開け閉めするような音が聞こえた。男たちは、源蔵の子分であろう。

菊太郎と利助は、離れの近くで枝葉を繁らせていた樫《かし》の樹陰に身を隠した。そこなら、家から菊太郎たちの姿は見えないはずだし、家のなかの話し声は聞き取れる。

家のなかから男の声が聞こえた。声の主は分からないが、その物言いから源蔵の子分らしいことが知れた。

男たちの会話から、源蔵親分、という声や、おれたちを襲ったのは町方らしい、などという声が聞き取れた。

「菊太郎の旦那、離れにいるのは、あっしらに襲われて逃げ帰った源蔵と子分たちに間違いないようですぜ」

利助が声をひそめて言った。

「そうらしいな」

「大勢じゃァねえ。……これならやつらをお縄にできますぜ」

「だが、家に踏み込むのは、危険だ。源蔵は自分を狙う町方をすぐに殺すというからな。火でもつけられると、皆殺しになるのはおれたちかもしれん」

菊太郎が言った。

「迂闊《うかつ》に、踏み込めねえな」

利助が顔をしかめた。

「外に呼び出すといっても、出てこないのではないか。源蔵たちは、逃げ帰ったばかりだからな」

「何かいい手は、ねえかな」

利助がそう言ったとき、離れの戸口が開いて、男がひとり姿を見せた。源蔵の子分であろう。

「菊太郎の旦那、動かねえようにしてくだせえ。やつに、気付かれる」

利助が声をひそめて言った。

菊太郎と利助は、樫の樹陰に身を隠したまま息を殺した。

姿を見せた子分らしい男は、戸口から出ると周囲に目をやった。何もあやしいことはなさそうだと踏んだらしい。吉乃屋の脇の小径に足をむけた。

菊太郎たちは樫の樹陰から出ると、物陰に身を隠しながら男の跡を尾《つ》けた。

先を行く男は、吉乃屋の脇の小径を通って表通りに出た。背後から尾けてくる菊太郎たちには、気付いていないようだ。

男は表通りを出ると足をとめて、左右に目をやった後、稲荷のある方にむかった。賭場へ様子を見にでも行くのであろうか。

通りに、隼人たちの姿は見えなかった。此度《こたび》、度々身を隠している道沿いで枝葉を繁らせている椿《つばき》の陰に移ったようだ。

「利助、あの男の前にまわれるか」

菊太郎が声をかけた。

「任せてくだせえ」

利助はそう言うと、走りだした。利助は素早く男に近付いた。そして、男の前にまわり込んだ。

男は前方に足をとめた利助に気付くと、戸惑うような顔をしたが、逃げなかった。相手は武士ではなく、町人ひとりである。男は、歯向かってくれば、返り討ちにしてやる、と思ったのかもしれない。

利助は懐に右手をつっ込んだまま、男が近付くのを待った。

男は利助に近付くと足をとめ、

「おめえ、おれに用があるのかい」

と、懐に右手を突っ込んで訊いた。匕首《あいくち》でも、隠しているのかもしれない。

「用があるから、跡を尾けてきたのよ」

利助が、薄笑いを浮かべて言った。

「どんな用だ！」

男の語気が荒くなった。

「吉乃屋の裏手の離れにいる男たちのことを話してもらうのよ」

「なに！」

男の顔が、憤怒《ふんぬ》で赤黒く染まった。

「おれと一緒に来な。すぐ近くだ」

利助が、薄笑いを浮かべて言った。

「殺してやる！」

男は懐から匕首を取り出した。

「表通りで、そんな物騒な物を振り回すつもりかい」

そう言って、利助は男から身を引いた。

このとき、男の背後から菊太郎が近付いてきた。菊太郎は刀を抜き、刀身を峰に返していた。男を峰打ちにするつもりなのだ。

男は匕首を構え、すこし前屈《まえかが》みの格好で、利助に近付いた。

「おまえの相手は、おれだ!」

菊太郎が、男の背後から声をかけた。

男は、ギョッとしたような顔をして動きをとめた。そして、背後を振り返った。

菊太郎は一瞬で男に身を寄せ、手にしていた刀を横に払った。

菊太郎の峰打ちが、逃げようとして前屈みになった男の脇腹を強打した。男は呻き声を上げて、その場に蹲《うずくま》った。

菊太郎と利助が男に身を寄せ、蹲っている男の両腕を取ると、引き摺《ず》るようにして椿の樹陰に連れ込んだ。

そこに、隼人、天野、八吉、綾次、政次郎の五人が待っていた。

「この男が、離れから出てきたのです」

菊太郎が言った。

「名は」

隼人が語気を強くして男に訊いた。

男は蒼褪《あおざ》めた顔で口をつぐんでいたが、

「勝三郎《かつさぶろう》で……」

と、小声で名乗った。

「勝三郎、離れには、源蔵がいるな」

隼人が念を押すように訊いた。

「いやす」

勝三郎が小声で言った。大勢に取り囲まれたことで、隠す気が薄れたようだ。

「子分たちもいるのか」

「へえ……」

勝三郎が首をすくめてうなずいた。

「何人いるのだ」

「あっしを除くと、四人でさァ」

賭場の近くでやりあったときに逃げ出した四人であろう。

「四人か。……小松は、まだ離れに帰っていないな」

隼人が念を押すように訊いた。隼人たちが源蔵たちを襲ったとき、小松は賭場に残っていたのだ。

「小松の旦那は、まだ賭場にいるはずでさァ」

勝三郎が言った。

「そうか」

菊太郎はその場にいた隼人たちに目をやり、

「今度こそ源蔵を捕らえるぞ」

と、小声で言った。菊太郎の目が、強いひかりを宿している。

七

「離れに踏み込みやすか」

利助が訊いた。

「四人なら、捕らえられるだろう。この機を逃すことはできぬ」

菊太郎が言うと、隼人と天野がうなずいた。

その場にいた利助、綾次、八吉、政次郎の四人は、いつになく緊張した顔付きでうなずき合った。

隼人たちは、捕らえた勝三郎を両腕を縛って同行させ、吉乃屋の脇の小径にむかった。

先頭にたった菊太郎は離れの近くまで来ると、樫の樹陰に身を寄せた。そして、後続の隼人たちがそばに来るのを待ち、

「源蔵たちはたしかにいるようです」

と、声をひそめて言った。離れから、男たちの声が聞こえたのだ。そのなかには、聞き覚えのある源蔵の声もあった。

「踏み込むか」

天野が小声で訊いた。

「いや、何とか源蔵を外に呼び出そう。家のなかでやりあうのは危険だ。味方からも怪我人《けがにん》が出かねないからな」

隼人が言うと、

「おれに行かせてくだせぇ」

と綾次が身を乗り出した。

「綾次、ここはしくじれないところだぞ」

と菊太郎が言った。

すると利助が、

「ここはあっしが、呼び出してきやす」

と低い声で言った。双眸が鋭いひかりを宿している。

「利助、無理をするな。源蔵たちも気が立っているはずだ。それに、利助の顔を覚えている子分がいるかもしれぬ」

隼人が言った。

「油断はしねぇ。あっしも、命は惜しい」

利助が真剣な顔で言ってから、ひとり離れの戸口にむかった。

菊太郎たちは、樫の樹陰に身を隠したまま利助の後ろ姿に目をやっている。

利助は戸口に立つと、耳を澄ませて家のなかの話し声や物音を聞いた。そして、話し声のなかに、親分の源蔵と思われる声があるのを耳にしてから、格子戸をあけた。

戸口から入ると、土間の先が狭い板間になっていた。利助はいつでも飛び出せるように、戸口近くに立った。

板間の先に障子が立ててあった。その障子のむこうから、「誰か来たようだ」という男の声が聞こえた。利助が格子戸を開けた音を耳にしたのだろう。

「源蔵親分は、いやすか」

利助が声をかけた。

すると、障子のむこうの男たちの声がやみ、いっとき間を置いてから、「誰だい」という男の声が聞こえた。

「利吉《りきち》といいやす。勝三郎兄ぃに、頼まれて来たんでさァ」

利助が、咄嗟に頭に浮かんだ利吉という名を口にした。

「勝三郎に、頼まれただと」

男のひとりが言い、立ち上がる気配がした。

障子が開き、遊び人ふうの男が姿を見せた。座敷には、他にふたりいた。三人とも源蔵の子分であろう。

利助は戸口に出てきた男の顔を見るなり仲間のふりをして、

「大変ですぜ！　捕方が大勢、ここに踏み込んできやす。賭場の帰《けえ》りに襲ってきたやつらが、仲間を集めて、ここに踏み込んでくるんでさァ」

と、声高に言った。

「なに！　ここに捕方が、踏み込んでくるだと」

男の顔が強張《こわば》った。

「早く逃げねえと、間に合わねえ」

利助が、戸口で足踏みしながら言った。

戸口に出てきた男は振り返って、座敷にいるふたりに顔をむけ、

「おい、聞いたか！　ここに捕方が踏み込んでくるぞ」

と、叫んだ。顔から血の気が引いている。

「親分に、知らせてくる」

ひとりの男が、座敷から出てきて、バタバタと廊下を走っていく足音が聞こえた。奥の部屋に、むかったようだ。

「あっしは、先に逃げやす」

そう言い残し、利助は土間から外に出た。長く子分と顔を合わせていて、ぼろが出るのを避けたのだ。

利助は、隼人たちのいる場にもどり、

「源蔵や子分たちが、出てくるはずでさァ」

と、声高に言った。

「子分たちは、ほんとうに四人だったか」

隼人が訊いた。その場にいた菊太郎や天野たちの目が、利助に集まっている。

「分からねえ。あっしが見た子分は三人だが、別の部屋にもいたかもしれねえ」

利助が、昂った声で言った。

家のなかから、男たちの切羽詰まった声や障子を開け閉めする音などが聞こえてきた。子分たちが、捕方が踏み込んでくると聞いて、家から逃げようとしているらしい。声からすると、子分は四、五人はいるかもしれない。

そのとき、戸口の格子戸が開いて、男がふたり姿を見せた。

「出てきた！」

利助が声を殺して言った。

源蔵の子分らしい。ふたりは戸口に立つと、辺りに目をやった。どうやら、外の様子を見に来たらしい。

ふたりは、すぐに戸口から家にもどった。家のなかから、「捕方の姿は、見えねえ！」「まだ、逃げる間は、ありそうだ！」と、叫ぶ声が聞こえた。

男たちの声や廊下を慌ただしく行き来する音などが聞こえたあとで、戸口から子分らしい男が出てきた。つづいて、源蔵。その後から男が三人姿を見せた。全部で五人である。

## 八

「出てきたぞ！」

利助が身を乗り出して言った。

「菊太郎、利助とふたりで、源蔵を捕らえろ。残るおれたちで、子分たちを押さえる」

隼人が指示した。

その場にいた男たちは、無言でうなずき、それぞれ十手や脇差などを手にした。脇差は峰に返した。殺さずに、峰打ちで生け捕りにするためだ。

離れの戸口から出てきた源蔵たちは、吉乃屋の建物の裏に足をむけた。吉乃屋を通って表通りに出て、逃走するつもりらしい。

「菊太郎、源蔵たちが店のある建物に逃げ込んだ。吉乃屋を通って、外に出るつもりかもしれん」

隼人が菊太郎たちに知らせた。何としても、この場で源蔵を取り押さえなければ後がない。

樹陰に身を隠していた菊太郎と利助は、同時に走り出て、吉乃屋の入口へとむかった。

「逃がすか！」

菊太郎たちが店にむかう途中、吉乃屋の店内から、悲鳴と怒号が聞こえてきた。源蔵たちが、慌てて店内を通り抜けようとしているようだ。

「往生際の悪いやつらだ、利助、戸口でやつらを待ち伏せよう」

「承知！」

菊太郎と利助は吉乃家の入口の左右に分かれて、戸が開くのを待った。

すると、店の戸口がガラリと開いて、源蔵が出てきた。

菊太郎が源蔵に身を寄せ、

「逃げれば、斬るぞ！」

と、声をかけた。すると、源蔵は足をとめた。菊太郎に斬られるのを恐れてとうとう観念したらしい。

源蔵のそばにいた男も足をとめた。

隼人と天野、八吉、それに政次郎と綾次が、三人の子分たちと対峙していた。隼人は脇差を手にしていたが、天野たち三人は十手を手にしている。

「神妙にしろ！」

隼人が、声を上げた。すると、そばにいた政次郎や綾次たちが、御用、御用、と声を上げ、子分たちに迫った。

子分のひとりが目をつり上げ、

「捕まるか！」

と叫び、手にした長脇差を隼人たちにむけた。

すると、他の子分たちも、長脇差や短刀などを手にして、隼人や捕方たちに切っ先をむけた。

子分たちは、三人とも必死の形相だった。強盗を犯して町方に捕らえられれば、生きて娑婆《しやば》に出られないことを知っているのだ。

菊太郎は源蔵の前に立つと、十手ではなく、腰に帯びていた刀を抜いた。菊太郎は隼人とふたりで、家の庭で剣術の稽古をつづけていたので、腕には自信があった。それに、十手では、源蔵を捕らえられないとみたのだ。

一方、利助は十手を手にして、源蔵の背後にまわり込んだ。逃げ道を塞いだのである。

「源蔵、神妙にしろ！」

菊太郎が声高に言った。

「こうなったら、返り討ちにしてくれるわ！」

源蔵が叫び、懐から短刀を取り出した。離れを出るとき、懐に忍ばせてきたのだろう。

源蔵の脇にいた子分のひとりも、短刀を手にした。目がつり上がり、歯を剝《む》き出している。まるで、牙を剝いた獣《けもの》のようである。

年増《としま》の女将は、「あんたっ」と叫んだが、腰が抜けて動けないようだ。

「安五郎《やすごろう》、殺《や》っちまえ！」

源蔵が、脇にいた子分に声をかけた。

安五郎は、手にした短刀を前に突き出すように構え、足裏を擦るようにしてジリジリと菊太郎に近付いてきた。

対する菊太郎は手にした刀を青眼に構え、切っ先を安五郎の目につけた。菊太郎は刀身を峰に返している。あくまで峰打ちで仕留めるつもりなのだ。

安五郎が、寄り身をとめた。このまま刀のとどく間合に入るのは、危険だと察知したのだろう。

「来ないなら、おれから行くぞ」

菊太郎が声をかけ、青眼に構えたまま一歩踏み込んだ。

安五郎は菊太郎との間合が狭まると、

「死ね！」

叫びざま、踏み込んだ。そして、菊太郎を狙って、手にした短刀を突き出した。捨て身の攻撃である。

咄嗟に、菊太郎は右手に体《たい》を寄せて安五郎の短刀の切っ先を躱《かわ》すと、鋭い気合を発して、刀身を振り下ろした。

菊太郎の峰打ちが、安五郎の右腕をとらえた。

ギャッ！　と、叫び声を上げ、安五郎は手にした短刀を落とし、前によろめいた。腕の骨が折れたのかもしれない。

これを見た源蔵は、その場から逃げようとした。

「逃げれば、斬る！」

菊太郎が、切っ先を源蔵の喉元に突き付けた。

すると、利助が素早く源蔵に近付き、

「あっしが、縄をかけやす」

そう言って、捕縄を取り出した。

利助は源蔵の背後にまわり、両腕を後ろにとって手際よく縄をかけた。源蔵は抵抗しなかった。

利助が源蔵に縄をかけている間に、安五郎は菊太郎たちから身を引き、間合があくと反転して走りだした。逃げたのである。

利助が安五郎を追おうとしたが、菊太郎が、「追わなくてもいい。源蔵がいなくなれば、この辺りには住めない男だ」と言ってとめた。

見ると、隼人とやりあっていた子分たちも逃げだした。源蔵が捕らえられたのを目にしたようだ。

「源蔵を捕らえた。これで、始末がついたな」

天野が、ほっとした顔をして言った。

「いや、まだです。小松と賭場が残っている」

菊太郎が、その場にいた男たちに目をやって言った。

「賭場か」

隼人も、小松と残っている子分を討つなり捕らえるなりして、賭場を閉じさせなければ、始末はつかないと思っていた。

# 第六章　大詰め

## 一

　この日も、菊太郎と隼人はおたえに見送られて、八丁堀の組屋敷を出た。ふたりは羽織袴《はおりはかま》姿で、二刀を帯びていた。これまでと同じように、八丁堀の同心と分かる身支度ではなく、御家人か小身の旗本を思わせる格好である。

　ふたりが江戸橋のたもとまで行くと、天野が岡っ引きの政次郎を連れて待っていた。利助と綾次の姿は、なかった。ふたりは先に行って、浜町堀にかかる汐見橋のたもとで待っていることになっていたのだ。

　菊太郎たちが、吉乃屋の裏手にいた親分の源蔵を討ち取って、七日が経《た》っていた。まだ、源蔵が貸元《かしもと》をしていた賭場《とば》と、源蔵の用心棒でもあった小松辰之進がそのままになっていたのだ。小松は博奕《ばくち》好きのようだったので、賭場を探れば、小松のことも知れるのではないかとみて、賭場のある橘町へむかっているのだった。

菊太郎たち四人が利助と綾次との待ち合わせ場所につくと、ふたりはもうすでに汐見橋のたもとで待っていた。

「変わった様子はないか」

隼人が、ふたりに目をやって訊《き》いた。

「まだ、吉乃屋は見てねえが、この辺りに変わった様子はありません」

利助が言うと、綾次がうなずいた。

「まずは念のため、吉乃屋まで行ってみるか」

隼人が言い、先にたって、吉乃屋のある通りに入った。

菊太郎たちは、道沿いにある吉乃屋が目にとまると、路傍に足をとめた。

「吉乃屋は、さすがに閉まっているようだ」

隼人が言った。

吉乃屋の店先に暖簾《のれん》は出ていなかった。ひっそりとして、店内から人声も物音も聞こえない。

「あっしが、見てきやす」

利助がそう言い残し、小走りに吉乃屋にむかった。菊太郎たちは、路傍に立って、利助に目をやっている。

利助は吉乃屋の店の前まで行き、店内の様子を探っていたが、いっときすると店から離れ、菊太郎たちのいる場にもどってきた。

「どうだ、店の様子は」

隼人が訊いた。

「店は閉まってやす。女将《おかみ》もいないようでさァ」

「そうか。……おそらく、源蔵や子分たちがいなくなったので、店の女将は自分も町方に捕らえられるかもしれないと思い、姿を消したのではないかな」

隼人が言うと、その場にいた菊太郎たちがうなずいた。

「どうしやす」

利助が訊いた。

「おれたちがここに来たのは、源蔵の情婦《いろ》を捕らえるためではない。情婦《いろ》が、どこへ行こうとかまわない。……おれたちの目的は、賭場だ。それと、残っている小松や子分たちだ」

隼人が言うと、その場にいた男たちがうなずいた。

隼人だけでなく、菊太郎や天野たちも、残っている小松と子分たちを捕らえねば、この事件の始末はつかないと思っていたのだ。

「さっそく賭場へむかいましょう」

菊太郎が言った。

すぐに男たちは同意し、その場を離れて賭場へむかって歩きだした。

菊太郎たちは、通り沿いにある稲荷《いなり》の脇の小径《こみち》に入った。その道の先に、賭場として使われている仕舞屋《しもたや》がある。菊太郎たちは、通行人を装って仕舞屋に近付いた。

入口の板戸が閉まっている。ふだんは、空き家になっているようだ。近くに、子分たちの姿もない。

「まだ、賭場を開くには早いからな」

隼人が言った。

「今回も近所で聞き込んでみないか」

天野はそう言って、通りの先に目をやり、「あそこの八百屋《やおや》は、どうだ」と言って、指差した。

賭場から一町ほど先の道沿いに八百屋があった。店の親爺《おやじ》らしい男が、店先にいた。遠方ではっきりしないが、台の上の埃《ほこり》を払っているらしい。

隼人たちは欅《けやき》の樹陰に隠れて待つことにして、利助だけが聞き込みに、八百屋の前まで行った。

利助が八百屋の親爺に近付き、

「訊きてえことがある」

と、小声で言った。

「何です」

親爺は、ハタキを手にしたまま素っ気なく訊いた。利助を客ではないとみたからだろう。

「でけえ声じゃ言えねえんだがな、一町ほど離れた稲荷の近くに、源蔵親分の賭場があるのを知っているかい」

利助は、「おれはこれが好きでな」と言い添え、壺《つぼ》を振る真似《まね》をした。

「そうですかい」

親爺の顔が、少し和らいだ。利助が、面倒な客などではないとみて、ほっとしたらしい。

「あそこの賭場は、親分が替わりやしたよ」

利助は、目を丸くして見せた。

「なんだ、そうなのかい」

親爺は、利助が熱心に訊いてくるのにつられて、話し始めた。

「へぇ。二、三日は、賭場にやってくる客がぱたっと途絶えて、やっとこの界隈《かいわい》も静かになったと思ってたんですがね。三日も前だったかなあ、以前よりも少し遅い時間からだが、また賭場を開くようになったんで」

「そうか、どれくらいに開くんだい」

利助が声をひそめて訊くと、

「あと一刻《いっとき》（二時間）ほどすれば、賭場は開くはずでさァ。賭場の親分が替わりやしてね。賭場を開くのが、すこし遅くなったようで」

親爺が、ハタキを手にしたまま言った。

利助は親爺に身を寄せ、

「親分は誰だい」

と、小声で訊いた。

「名までは知らねぇんだが、以前、源蔵親分の用心棒だったお侍が、貸元をしているそうでさァ。もっとも、子分のひとりが、代貸《だいがし》として賭場を仕切ってるようですがね」

親爺が顔をしかめて言った。

「すると、その侍は子分たちを連れて、これから賭場を開くのだな」

利助が念を押すように訊いた。

「開きはするだろうが、賭場の客も、貸元のお侍さまも、姿を見せるのは、もう少し後でさァ」

親次はそう言うと、店の奥に入りたいような素振りを見せた。そろそろ、無駄話を切りあげたいようだ。

「手間をとらせたな」

利助は親爺に声をかけ、店先から離れた。利助は、やはり小松は貸元の座についたのかと思った。

二

利助は菊太郎たちのいる場にもどると、

「小松が、貸元をしているようですぜ」

そう言い、八百屋の親爺から聞いたことをかいつまんで話した。

「小松は、賭場の貸元として居座っているのか」

隼人は呆《あき》れて言い、その場にいた男たちは驚いたような顔をした。牢人《ろうにん》とはいえ、まさか武士である小松が賭場の貸元をしているとは思わなかったのだろう。

「どうしやす」

利助が、その場にいた男たちに目をやって訊いた。

「いずれにしても、小松や源蔵一味の残党は、おれたちの手で捕らえるしかない。親分の源蔵につづいて小松を捕らえれば、残された子分たちは、次はおれたちだとみて、賭場や吉乃屋には近寄らなくなり、橘町界隈から姿を消すはずだ」

隼人が語気を強くして言った。

男たちは、無言でうなずいた。どの顔もひき締まり、双眸《そうぼう》が強いひかりを宿している。

菊太郎たちは、再び路傍の欅の陰に身を隠した。そこは、この賭場を見張るときに何度も利用している場所である。

「まさか、またここに身を隠すことになるとは思わなかったな」

隼人が渋い顔をした。

「まったくです。賭場はなかなかなくならないですね」

と天野も小声で言い、うなずいた。

菊太郎たちが樹陰と草薮《くさやぶ》に身を隠して小半刻（三十分）ほど経ったろうか。小松が乗っ取ったと思われる仕舞屋の戸口から、遊び人ふうの男がふたり姿を見せた。ふたりは、先に仕舞屋に来ていた下足番らしい。そろそろ客が来るころとみて、通りを見ているようだ。

いっときすると、ふたりの男は戸口から家にもどり、その姿が見えなくなった。

「そろそろ客が来てもいいころだと思うがな」

菊太郎が言った。

そのとき、通りに目をやっていた利助が、

「あのふたり、賭場に来たのかもしれねえ」

と言って、通りの先を指差した。

見ると、大工ふうの男がふたり、何やら話しながら歩いてくる。ふたりは、隼人たちが身を潜めている前を通り、仕舞屋の前まで行くと、戸口に足をむけた。そして、姿を見せた下足番らしい男に迎えられて、仕舞屋に入った。

「あのふたり、賭場に入ったな」

隼人が言った。

それからも、ひとり、ふたりと男たちが通りに姿をあらわし、仕舞屋に入っていった。いずれも、子分たちではなく、賭場に博奕《ばくち》を打ちにきた男たちのようだ。

陽《ひ》が西の空にかたむき、木や丈の高い草が影を長く伸ばし、通りを覆うようになっ

たころ、

「来やした！　貸元たちが」

利助が、身を乗り出して言った。

見ると、通りの先に男たちの姿が見えた。七、八人いるだろうか。遊び人ふうの男や黒羽織に小袖姿の男たちのなかに、大小を腰に差した武士の姿があった。

「小松ですぜ！」

利助が言った。

「小松だな。……一緒にいるのは、代貸や壺振りたちか」

隼人は、近付いてくる小松たちを睨《にら》むように見据えている。

「どうしやす。一気に仕掛けて、小松を捕らえますか」

利助が訊いた。

「駄目だ。まだ人数が多いな。やりあったら、おれたち六人から怪我人《けがにん》が出かねん」

隼人は、その場にいる男たちに目をやり、「また帰りまで欅の陰に潜むのか」と小声で言い添えた。

小松たち一行は、次第に近付いてきた。総勢七人であった。

小松たちは、何やら話しながら隼人たちの前を通り過ぎた。欅の樹陰にいる隼人たちには気付かなかったようだ。

小松たちが、賭場になっている仕舞屋の戸口近くまで行くと、下足番らしい男が出迎え、小松たちをなかに入れた。

それから、ひとり、ふたりと職人ふうの男、遊び人、商店の親爺らしい男などが、賭場に入った。いずれも、博奕を打ちにきたらしい。

「そろそろ、博奕が始まるようだ」

隼人が言った。

それから、一刻ほど経ったろうか。辺りは淡い夜陰につつまれ、道沿いの家や店などから洩《も》れる灯が、はっきりと見えるようになってきた。

賭場での博奕はつづいているらしく、かすかに男たちの声やどよめきなどが聞こえてきた。

「そろそろ、小松たちが出てきてもいいころだな」

隼人が、仕舞屋に目をやりながら言った。

源蔵は、客たちに挨拶《あいさつ》すると、後を代貸や壺振りなどに任せて別の部屋で一休みしていた。そして、何人かの子分を連れて、先に賭場を出る。だが、博奕好きの小松が、源蔵と同じとは限らない。

それから、小半刻ほど経ったろうか。仕舞屋に目をやっていた利助が、「出てきた!」と身を乗り出して言った。

見ると、賭場の出入り口から、男たちが何人も出てきた。手にした提灯《ちょうちん》の明かりのなかに、男たちの姿が黒く浮き上がったように見えている。

提灯を手にした男が、一行の先と後にたち、菊太郎たちが身を潜めている場に近付いてきた。

「六人ですぜ」

利助が言った。提灯の明かりに浮かび上がった男たちの姿を見て、六人と分かったらしい。

「小松がいます!」

菊太郎が、身を乗り出して言った。

「人数が多すぎる」

隼人が、「手を出すな!」と樹陰にいた菊太郎たちに言った。味方も六人だったが、相手は刀や長脇差《ながわきざし》を持っている。隼人はこの場で仕掛ければ、間違いなく味方から怪我人が出る、とみたのだ。

小松たちは、隼人たちが身を潜めている欅の前を通り過ぎ、吉乃屋のある通りの方に歩いていく。

　提灯の灯が、遠ざかったところで、

「跡を尾《つ》けやすか」

　と、利助が菊太郎たちに目をやって訊いた。

「尾けよう」

　隼人が言い、樹陰にいた菊太郎たちは通りに出た。尾行は楽だった。夜陰に紛れるため、足音さえたてなければ、身を隠す必要がなかった。前方を歩いていく提灯の灯を目印にして、歩いていけばいいのである。

　前を行く小松たちは、稲荷の脇から通りに出た。そこは、吉乃屋のある通りである。小松たちは通りに出ると、右手に足をむけた。吉乃屋とは反対の方向だった。

　隼人たちは、道沿いにある店や樹陰などをたどるようにして小松たちの跡を尾けていく。稲荷から二町ほど歩いたろうか、前を行く小松たちが足をとめた。そこは、道沿いにある小料理屋らしい店の前だった。店の戸口から淡い灯が洩れ、通りを照らしている。隼人たちは路傍に足をとめ、小松たちに目をやった。

　小松たちは店の戸口で何やら話していたが、六人のうち三人だけ、店に入った。後の三人は店の戸口から離れ、さらに通りの先にむかった。三人の足音とともに、提灯の灯が夜陰のなかを遠ざかっていく。

「小松は、あの店に入《へえ》りやしたぜ」

利助が小声で言った。

「店に、近付いてみるか」

隼人が言い、その場に二人を残し、四人で小料理屋らしい店に近付いた。

四人は、小料理屋らしい店の前まで来て足をとめた。店の戸口の脇の掛看板に、「御料理　さけ　美松《みまつ》」と書いてあった。

「ここが、小松の隠れ家かもしれねえ」

利助が、掛看板を見つめて言った。

「そうみていいな」

隼人が言った。

「どうする。踏み込むか」

天野が訊いた。

「いや、今日のところは引き上げよう。だが、小松の天下も今日までだ。明日、明るいうちに来て最後の勝負をつけよう」

隼人が言うと、その場にいた男たちがうなずいた。

三

翌朝、菊太郎と隼人は、おたえに見送られて組屋敷を出ると、江戸橋にむかった。そこで、天野と落ち合うことになっていたのだ。

五ツ（午前八時）ごろだった。江戸橋は、様々な身分の人々が行き交っていた。

「天野がいる」

隼人が指差した。

見ると、天野が岡っ引きの政次郎とふたりで、橋のたもとの隅に立っていた。隼人たちが来るのを待っていたらしい。以前、同じように江戸橋のたもとで、天野たちと待ち合わせたときも、天野は先に来ていた。

隼人と菊太郎は足早に天野たちに近付き、

「すまん、待たせたようだ」

と、隼人が天野に声をかけた。

「いや、おれたちも、来たばかりだ」

天野が言った。

「行くか」

そう言って、隼人が橋を渡ろうとすると、

「利助たちが、来るのを待たなくていいのか」

天野が訊いた。

「利助と綾次は、汐見橋のたもとで落ち合うことになっているのだ。いまごろ、利助たちは、汐見橋にむかっているはずだ」

隼人が言った。

「それなら、橘町へむかおう」

そう言って、天野が先にたって歩きだした。

菊太郎たちは江戸橋を渡り、入堀沿いの通りを経て、浜町堀にかかる汐見橋のたもとまで来た。

橋のたもとにいた利助と綾次が、隼人たちに走り寄った。

「待たせたか」

隼人が訊いた。

「おれたちも、来たばかりでさァ」

利助が言うと、綾次がうなずいた。

「ともかく、まずは吉乃屋に行ってみよう」

隼人が、その場にいた男たちに目をやって言った。

菊太郎たちは汐見橋を渡り、橘町一丁目に出た。そして、吉乃屋のある通りに入った。いっとき歩くと、吉乃屋が見えてきた。

店先に、暖簾が出ていない。店内もひっそりしている。

「あっしが、様子を見てきやしょう」

利助が言い、吉乃屋の戸口に近付いた。そして、表戸に身を寄せて、なかの様子を窺《うかが》ったが、踵《きびす》を返し、小走りに菊太郎たちのいる場にもどってきた。

「どうだ、店の様子は」

隼人が訊いた。

「誰もいないようです」

利助が言った。

「そうか。やはり女将は姿を消したな。いずれにしろ、残るのは小松たちだけだ」

隼人が、「小松のいる隠れ家に、行こう」と語気を強くして言った。

菊太郎たちは、吉乃屋から離れ、通りの先に足をむけた。

いっとき歩くと、道沿いにある稲荷が見えてきた。稲荷から二町ほど行った先に、小松が身を潜めている小料理屋がある。

菊太郎たちが稲荷の前を通り過ぎて一町ほど歩くと、見覚えのある小料理屋が見えてきた。

小料理屋の店先に暖簾が出ていた。まだ、昼前だが店を開いているようだ。菊太郎たちは小料理屋の近くまで行って、路傍に足をとめた。

「店は開いているようだが、小松はいるかな」

隼人が、その場にいた男たちに目をやって言った。

「あっしが、様子を見てきやしょう」

利助が言った。

「頼む。こうしたことは、利助が一番頼りになるからな」

そう言って、隼人は目を細めた。そばにいた菊太郎たちも、うなずいた。

利助は苦笑いを浮かべ、小料理屋にむかった。客を装って小料理屋の入口に身を寄せ、店に入るのを迷っているような振りをして立っていた。店内の様子を探っているのだ。いっときすると、利助は踵を返して菊太郎たちのそばにもどってきた。

「小松は、いるか」

すぐに、隼人が訊いた。

「いやす。店のなかから、小松さま、と呼ぶ女の声が聞こえやした。女は小料理屋の女将のようですぜ」

利助が、その場にいた男たちに目をやって言った。

「小松の他に、店に客はいたか」

天野が脇から口を挟んだ。

「はっきりしねえが、女将が小松と店の中で、話しているところからすると、客はいねえようだ」

利助が言った。

「そうだな。まだ、昼までには、間がある。客がいないので、小松は女将を相手に、朝飯でも食っているのではないか」

隼人が、つぶやくような声で言った。

「どうしやす」

利助が、男たちに目をやって訊いた。

「店に、踏み込もう。小松を捕らえるいい機会です」

菊太郎が、身を乗り出して言った。

そばにいた男たちが、うなずいた。誰もが、小松を捕らえるまたとない機会とみているようだ。

菊太郎と隼人が、小料理屋の戸口に立った。小松も遣い手かもしれないので、念のためふたりが店に踏み込んで捕らえることになったのだ。捕らえるといっても、斬り合いになれば、生きたまま捕縛するのはむずかしいだろう。

天野と利助たちは、戸口からすこし離れた場に立っていた。小松が店から逃げ出せば、取り囲んで、逃げ道を塞ぐのである。

四

菊太郎が、戸口の格子戸を開けた。

狭い土間があり、その先が小上がりになっていた。そこに、小松と年増《としま》がいた。年増は店の女将らしい。

小松は猪口《ちょこ》を手にしていた。膝先に、銚子《ちょうし》と肴《さかな》を入れた小鉢が置いてある。女将を相手に酒を飲んでいたらしい。

菊太郎と隼人が店内に入ると、小松は立ち上がり、

「こいつら、町方だ！」

と、叫びざま、手にした猪口を店内に入った菊太郎にむかって投げ付けた。

咄嗟《とっさ》に、菊太郎は壁に体を寄せて、よけた。猪口は菊太郎の背後の格子戸に当たっ

て砕けた。

「おまえさん、逃げて！」

女将が、叫んだ。

すると、小松はそばに置いてあった刀を摑《つか》み、店の脇の板戸を開けて外に飛び出した。店の脇から横の道に出るらしい。

「菊太郎、外だ！」

隼人が声をかけた。

菊太郎は戸口から外に飛び出し、小松が板戸を開けた方に目をやった。

小松の姿が見えた。小松は店の脇道から、表の通りに出ようとしている。

「利助！　小松を逃がすな」

菊太郎が、利助に声をかけた。

小松は表通りに出て、走りだした。

利助と菊太郎も、走りだした。つづいて天野と政次郎も、小松の後を追った。

足の速い利助が先に、小松の前にまわり込んだ。つづいて、菊太郎、天野、政次郎の三人が小松に近付いた。

小松は前に立ち塞がった利助を見て、足をとめた。そして、手にした刀を抜くと、人に切っ先をむけた。

鞘《さや》を足元に置いた。

「煩《うるさ》いやつらだ。ここで始末してくれる！」

小松は声を上げ、身近に迫った菊太郎と天野に切っ先をむけた。刀を持っていない利助や政次郎なら、どうにでもなると思ったらしい。

そのとき、菊太郎と天野の後を追ってきた隼人が、

「小松、相手はおれだ」

と言って、前に出ると、刀の切っ先を小松にむけた。

小松の近くにいた天野は十手を、菊太郎は腰に差していた脇差を抜いた。

小松は、何人もの男たちに取り囲まれ、逃げるのを諦めたのか、前に立っている隼人に切っ先をむけた。

これを見た天野や菊太郎は、すこし身を引いた。この場は、隼人にまかせる気になったのだ。それでも、隼人が危ういとみれば、すぐに助太刀《すけだち》するつもりである。

隼人は青眼《せいがん》に構え、切っ先を小松の目にむけていた。

小松は八相《はっそう》である。刀身を垂直に立てた大きな構えである。

隼人と小松の間合は、およそ二間半――。

ふたりは、対峙《たいじ》したまま動かなかった。斬撃《ざんげき》の気配をみせ、気魄《きはく》で攻め合っている。

どれほどの時が過ぎたのか、ふたりには時間の経過の意識はなかった。

そのとき、小松が前に出した左の爪先で、地面に転がっていた小石を踏み、わずかな音がした。

その音で、隼人と小松の全身に斬撃の気がはしった。

イヤアッ！

タアッ！

ふたりは、ほぼ同時に気合を発して斬り込んだ。

隼人は青眼から踏み込みざま袈裟《けさ》へ——。

小松は八相から袈裟へ——。

袈裟と袈裟。ふたりの刀身が、眼前で合致し、金属音とともに青火が散った。

次の瞬間、ふたりは二の太刀をふるった。

隼人は身を引きざま、小松の籠手《こて》を狙って袈裟に払い、小松は身を引きざま、刀身を横に払った。

ふたりはふたたび二間半ほどの間合をとって、対峙した。

隼人は青眼に、小松は八相に構えた。

刀の柄《つか》を握った小松の右の前腕から血が流れ出ている。隼人の刀の切っ先が、前腕の皮肉を斬り裂いたのだ。

一方、隼人は無傷だった。小松が横に払った刀の切っ先は、隼人の腕をかすめて空を斬ったのだ。

八相に構えた小松の刀身が震えていた。右腕を斬られたため、右肩と腕に力が入り過ぎているのだ。

隼人は息の乱れもなく、青眼に構えた刀の切っ先が小松の目にむけられている。

「小松、勝負あったぞ。刀を引け!」

隼人が声をかけた。

「まだだ!」

叫びざま、小松は足裏を擦るようにして間合を狭めてきた。

隼人は身を引きながら、

……小松は、捨て身でくる!

と、察知した。真剣勝負のとき、己の身を捨てて斬り込んでくるほど厄介な相手はない。隼人は身を引いて、小松との間合を保った。まだ、小松は一足一刀の斬撃の間《ま》境《ざかい》の外にいる。

小松は顔をしかめ、荒い息を吐きながら隼人との間合を詰めようとした。

そのとき、隼人は一歩右手に体を寄せた。この動きを見て、小松は寄り身をとめ、体を隼人にむけようとした。その一瞬、小松の手にした刀が下がり、切っ先が隼人の爪先辺りにむけられた。

この隙を、隼人は逃さなかった。

タアッ！

隼人は鋭い気合を発し、踏み込みざま青眼から袈裟に斬り込んだ。

咄嗟に、小松は身を引いたが間に合わなかった。隼人の一撃が、小松の肩から胸にかけて斬り裂いた。

小松の首根の辺りから血が噴いた。首の血管《ちくだ》を斬ったらしい。

小松は血を撒《ま》きながらよろめき、足が止まると、腰から崩れるように地面に倒れた。俯《うつぶ》せに倒れた小松は、何とか立ち上がろうとして、両手を地面に突き、顔を擡《もた》げたが、すぐに地面に顔を伏せてしまった。

小松から呻《うめ》き声が洩れていたが、いっときすると、聞こえなくなり、体の動きがとまった。

「死んだ……」

隼人が、俯せに倒れている小松に目をやって言った。

菊太郎、利助、天野、政次郎、綾次の五人が、隼人のそばに来て、倒れている小松に目をやった。

「さすが、長月の旦那は、強《つえ》えや」

利助が感嘆の声を上げた。

「通り道に、死体をこのままにしておくわけには、いかないな」

隼人が、その場に集まっている男たちに目をやって言った。

「小料理屋の戸口まで、運んでおきますか」

天野が言った。

「そうだな」

隼人が、俯せに倒れている小松の右腕をつかんだ。

菊太郎が左腕、天野と政次郎が両足をつかみ、全員で小松の遺体を小料理屋の戸口まで運んだ。

「後は、女将と店の者にまかせよう」

隼人が言った。

菊太郎たちは遺体を運び終えると、来た道を引き返した。今日は、このままそれぞれの家に帰ることになるだろう。

## 五

「菊太郎、今日はこれまでだ」

隼人が木刀を手にして言った。

隼人の顔に汗がひかっている。隼人と菊太郎は、一刻ほど前、木刀を手にして庭で剣術の稽古を始めたのだ。

隼人と菊太郎は、住まいでもある組屋敷の庭で、剣術の稽古をするのが日課のようになっていたが、このところ源蔵や小松などが起こした事件にかかわり、稽古がなかなかできなかった。

今日は朝から庭に出て、久し振りで汗をかいたのだ。

「はい、今日はいい稽古ができました」

菊太郎が、手の甲で額の汗を拭いながら言った。

菊太郎と隼人は、木刀を手にしたまま縁側まで来て腰を下ろした。ひと休みし、体の汗が引くのを待って、座敷に上がろうと思ったのだ。

そのとき、木戸門の開く音がし、戸口に近付いてくる足音がした。そして、引き戸が開き、「長月どの、おられますか」という天野の声がした。

すぐに廊下を歩く足音がし、戸口でとまると、

「天野さま、いらっしゃい」

おたえの声がした。

「長月どのは、おられますか」

天野が訊いた。

「おります。……天野さま、上がってください」

「先ほど、木刀を打ち合う音が聞こえましたが、長月どのと菊太郎どのは、庭におられるのでは」

「はい、剣術の稽古をしてましたから」

「それなら、庭にまわります」

天野が言い、つづいて庭にまわる足音がした。

待つまでもなく、天野が庭に顔を出した。天野は市中巡視にでも行った帰りなのか、小袖を着流し、黒羽織の裾をまくり上げて帯に挟む巻羽織《まきばおり》と呼ばれる、町奉行所の同心独特の格好をしていた。

天野は庭に顔を出すと、縁側に腰を下ろしている菊太郎と隼人の姿を目にし、

「剣術の稽古ですか」

と、笑みを浮かべて言った。

「久しく稽古から離れていたのでな。今日はふたりで汗をかいたのだ」

隼人が言うと、脇にいた菊太郎がうなずいた。

「ところで、天野、今日はどこへ出掛けたのだ」

隼人が、天野の巻羽織の格好を見て訊いた。どこかへ出掛けた帰りに、ここに立ち寄ったと思ったのだ。

「市中巡視もかねて、橘町まで行ってみたのだ」

天野が声を低くして言った。

「何か変わったことはあったか」

隼人が訊くと、菊太郎も身を乗り出して天野に目をむけた。

菊太郎たちが、小松を討ち取ってから三日経っていた。この間、菊太郎たちは橘町へ行っていなかった。

「吉乃屋も、小松の情婦《いろ》のいた小料理屋も閉めてあった。住んでいる者も、いないようだった」

天野が言った。

「そうか。……源蔵や小松のような後ろ盾がいなくなって、商売がつづけられなくなったのだろう」

隼人が言うと、天野がうなずいた。

菊太郎たちが縁先で話していると、座敷の障子が開く音がして、おたえが顔を出した。おたえは、湯飲みをのせた盆を手にしていた。

「お茶が入りましたよ」

そう言った後、おたえは縁先近くに座し、隼人、菊太郎、天野の膝の脇に湯飲みを置いた。

おたえは三人に茶を出し終えると、菊太郎の脇に腰を下ろした。

菊太郎たちが、口をつぐんでいると、

「ねえ、何の話をしてたの」

おたえが、男三人に目をやって訊いた。

おたえは、男たちが何の話をしていたのか知りたいというより、話に加わりたかったのだろう。

隼人と菊太郎が、事件の探索や下手人の捕縛のために組屋敷から離れると、おたえはひとりで留守番をすることになる。それが、二日、三日ならいいが、十日も半月もつづくと、ひとりでいるのが辛《つら》くなるのだ。

「いや、久しく家をあけたのでな。おたえも一緒に、どこかへ旨《うま》い物でも食いに行こうと思って、いま三人で相談を始めたところなのだ」

隼人はそう言って、おたえに気付かれないように菊太郎と天野に目配せした。

「みんなで、どこかへ旨い物でも食いに行きましょう」

天野が、身を乗り出して言った。

「それなら、青物町にある料理屋の田沢屋《たざわや》は、どうかしら。この辺りでは、料理がおいしいと評判の店ですよ」

おたえが、男たち三人に目をやって言った。

「田沢屋な」

隼人は、首を傾《かし》げた。

田沢屋で飲み食いしたことがあったが、それほど料理が旨いとは思わなかった。それに、料金が驚くほど高かった。

隼人は田沢屋は何とか避けようと思い、考えをめぐらせた。そのとき、隼人は、おたえをすこし遠方まで連れていって、気分転換をさせてやろうという気になった。

「すこし遠いが、今まで行ったことのない店はどうだ」

隼人が言うと、

「どこにあるの」

おたえが、身を乗り出して訊いた。菊太郎と天野まで、興味深そうな顔をして、隼人を見つめている。

「浅草だ」

隼人が言った。

「浅草……！」

おたえは、目を大きく見開いて隼人を見た。

「みんなで、浅草寺《せんそうじ》にお参りしてな。その後、茶屋町《ちゃやまち》で旨い料理を食べるのだ」

隼人が言うと、菊太郎と天野も驚いたような顔をして隼人を見た。

茶屋町は、料理屋や料理茶屋などが多いことで知られていた。浅草寺の参詣客や遊山客などが立ち寄るのだ。

「滅多にお目にかかれない料理が出るぞ」

隼人が言い添えた。

「わたし、行きます！」

おたえが、目を輝かせて言った。

本書は時代小説文庫（ハルキ文庫）の書き下ろし作品です。

時代小説文庫
と 4-41

父《おや》子《こ》剣《けん》躍《おど》る 新剣客《しんけんかく》同心《どうしん》親《おや》子《こ》舟《ぶね》

著者　鳥《と》羽《ば》 亮《りょう》

2021年7月8日第一刷発行

発行者　角川春樹

発行所　株式会社 角川春樹事務所
〒102-0074 東京都千代田区九段南2-1-30 イタリア文化会館

電話　03(3263)5247[編集]　03(3263)5881[営業]

印刷・製本　中央精版印刷株式会社

フォーマット・デザイン＆シンボルマーク　芦澤泰偉



ISBN978-4-7584-4416-3 C0193 

http://www.kadokawaharuki.co.jp/[営業]
fanmail@kadokawaharuki.co.jp[編集]　ご意見・ご感想をお寄せください。